KB055799

로크미디어가
유혹하는
재미있는 세상
ROK
MEDIA
로크미디어

갑질하는 영주님

갑질하는 영주님 8

2019년 6월 5일 초판 1쇄 인쇄
2019년 6월 11일 초판 1쇄 발행

지은이 장대수
발행인 이종주

기획 팀 이기헌 왕소현 박경무 이승제
책임 편집 이정규

발행처 (주)로크미디어
출판등록 2003년 3월 24일
주소 서울시 마포구 성암로 330 DMC첨단산업센터 3층 318호, 319호
Tel (02)3273-5135 **Fax** (02)3273-5134
홈페이지 rokmedia.com **E-mail** rokmedia@empas.com

값 8,000원

ISBN 979-11-354-1780-1 (8권)
ISBN 979-11-294-9115-2 04810 (세트)

8
장대수 퓨전 판타지 장편소설
갑질하는 영주님
ROK MEDIA
로크미디어

Contents

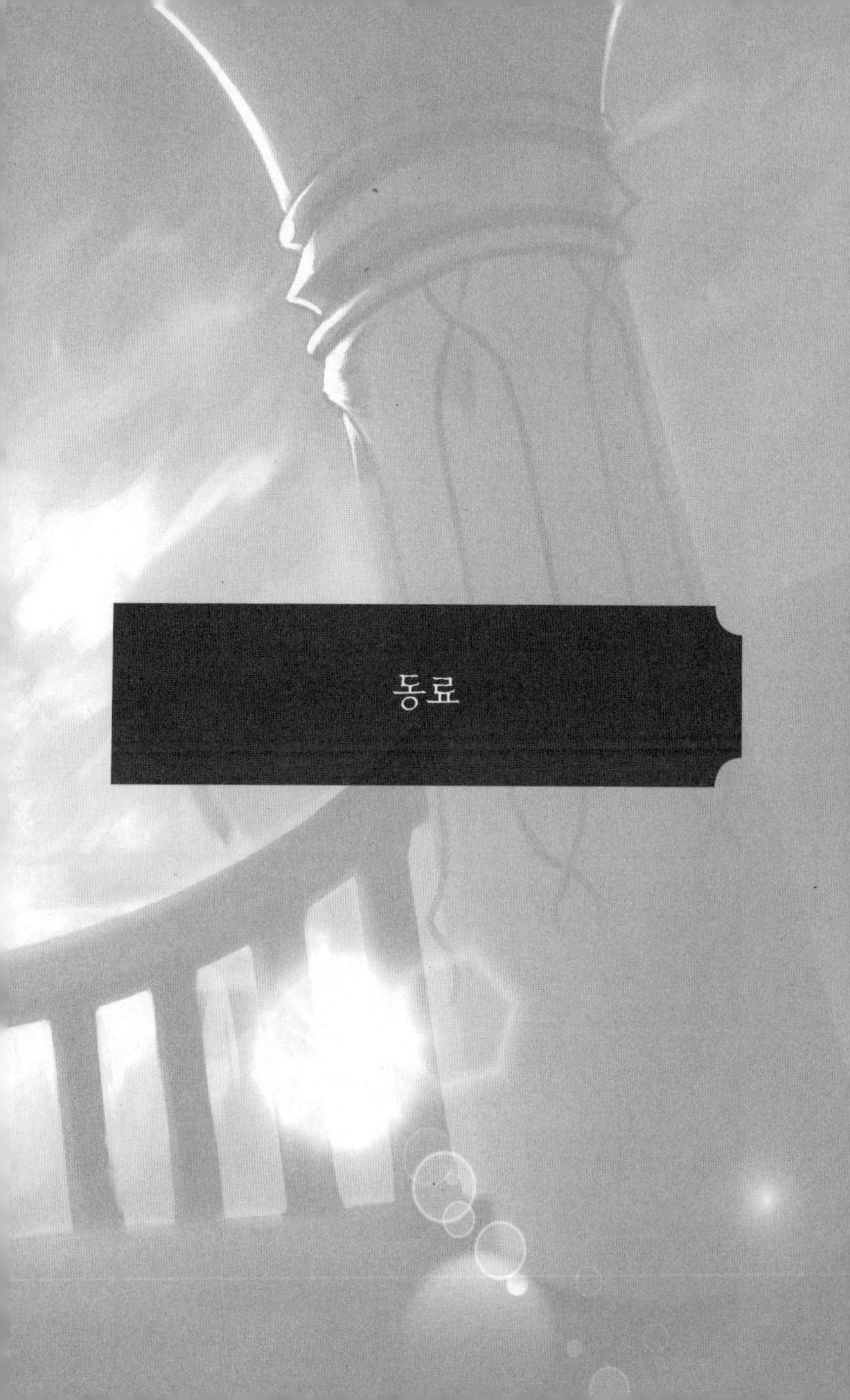
동료

이안이 말에서 내려 뛰어오라는 지시를 내리자 재무관은 입술을 실룩거리며 머뭇거렸다.

"영주님, 제가 또 뭘 잘못했다고 그러십니까? 잘랭을 넘겨주고 빚을 갚으면 좋은 게 아닙니까?"

"내리라고 했다."

"영주님, 송구하오나 일전에 말씀드린 것처럼 제가 몸이 좀 안 좋습니다. 허리도 아프고, 기침도 나고. 오늘은 자고 일어났더니 무릎도 쑤십니다."

재무관은 숙영지까지 뛰어가기 싫었다. 핑계를 대는 그의 옆구리를 이안이 별안간 발로 걷어찼다.

"뭔 말이 이렇게 많아?"

발동작이 어찌나 빠른지 재무관은 피할 틈도 없이 얻어맞고 말에서 굴러떨어졌다.

쿠웅!

눈이 쌓이고 있는 딱딱한 땅바닥에 떨어진 재무관의 얼굴이 고통으로 일그러졌다.

'젠장!'

옆구리가 창이 쑤셔 박힌 것처럼 아프고 화끈했다.

옆구리를 부여잡고 신음하는 그의 귀로 이안의 차가운 목소리가 들려왔다.

"숙영지에 나보다 늦게 도착하면 아까 본 십자 형틀에 똑같이 매달겠다."

무시무시한 경고를 한 이안은 론도에게 시선을 돌렸다.

"재무관의 말을 끌고 와."

"알겠습니다, 영주님."

론도는 재무관의 말을 끌고 이안의 뒤를 따라갔다.

말을 타고 숙영지로 가는 영주의 냉정한 뒷모습을 멍하니 바라보던 재무관은 벌떡 일어나 뛰기 시작했다.

옆구리가 아팠지만 그게 문제가 아니다.

영주보다 빨리 숙영지에 도착해야 한다. 영주는 그를 십자 형틀에 매달고도 남을 인간이었다.

'대체 뭐가 문제야, 현실적인 조언을 하는 게 내 임무인데. 망할 자식!'

속으로 이안을 욕하며 재무관은 숨이 턱에 차도록 열심히 뛰었다.

장신에다가 배도 불룩 나오고 턱살도 늘어진 그는 얼마 뛰지 않아 몸이 뜨거워졌다. 그는 목에 두른 목도리를 풀어 손에 쥐었다.

"하아, 하아!"

춥게 느껴지던 날씨가 이제는 덥게만 느껴졌고, 몸에선 땀이 비 오듯 했다.

'조금만 더.'

이렇게 전력을 다해 달려 본 게 언제인지 기억도 안 났다. 아마 어렸을 때 하인들을 두들겨 패고 집 안을 뛰어다닐 때나 그랬을 것 같았다.

그때는 즐겁기라도 했지, 지금은 고통이다.

'목구멍이 타는 것 같다.'

침이 마르고 숨을 쉴 때마다 심장이 아팠다. 심장에서 올라오는 뜨거운 기운이 그의 목구멍을 지지는 느낌이었다.

빠른 속도로 걷는 이안의 말을 추월하기 위해 전력 질주를 하던 재무관은 급한 마음에 발이 뒤엉켜 그대로 앞으로 굴렀다.

'빌어먹을.'

거의 다 따라잡은 거리가 다시 멀어지고 있었다.

그는 서둘러 일어나 다시 달렸고, 얼마 후 간발의 차이로 영주보다 한발 빨리 숙영지에 도착했다.

'이겼다!'

다리의 힘이 풀린 그는 바닥에 쓰러진 후 하늘을 보고 숨을 거칠게 내쉬었다.

눈 내리는 하늘이 그의 머리 위에서 빙글빙글 회전하는 것 같았다.

"내 막사로 따라와."

무심히 말을 하고 지나친 이안의 뒷모습을 불안한 시선으로 바라보던 재무관이 느릿느릿 일어났다.

고구마가 없어 화로에 감자를 넣어 구워 먹던 이안은 뜨거운 감자를 반으로 쪼개 입으로 후후 불었다.

"재무관, 구운 감자 좋아하나?"

"안 좋아합니다."

"저런, 이 맛있는 걸 좋아하지 않다니. 다리 똑바로 들어."

막사 한쪽에 엎드려 있던 재무관은 한쪽 다리를 엉덩이 높이보다 위로 올렸다.

그는 외투를 벗고 가벼운 옷차림으로 기합을 받고 있었다.

"너는 동료 의식이 없어. 그러니 잘랭을 팔아먹자는 말이 그리 쉽게 나오지."

"그것이 아니오라…… 다 영주님을 위해서 드린 말씀이었습니다. 빚을 갚으면 영주님 생활이 훨씬 풍요로워지고 그것은 영주님의 기쁨이 되지 않겠습니까?"

말을 하는 재무관의 전신이 바람도 없는데 갈대처럼 후들거렸다.

한쪽 다리를 들고 엎드려 있는 기합을 우습게 생각했는데, 시간이 흐르자 말할 수 없이 고통스러웠다.

'차라리 몽둥이로 몇 대 때려 달라고 할까?'

오죽했으면 맞는 게 좋지 않을까 하는 생각도 들었다.

그는 한 번도 경험한 적 없는 이러한 형태의 기합에 정말 죽을 맛이었다.

"그건 네 기준이겠지. 그런데 영주는 나잖아. 안 그래?"

"죄송합니다, 영주님."

"영지 잘 지키고 있는 잘랭을 팔면 네가 영지를 지킬래? 병사 훈련도 시키고."

구운 감자를 우물거리던 이안은 새 감자를 화로에 넣기 위해 몸을 구부렸다.

그 순간 이안의 눈치를 살피던 재무관이 잽싸게 올렸던 한쪽 다리를 땅에 내려놓고 아예 배를 땅에 대고 엎드리기까지 했다.

'살 것 같군.'

영주가 감자에 정신이 팔려 있는 동안 그는 요령을 피웠다.

"사람이 의리가 있어야지. 내가 돈이 필요하다고 널 노예로 팔면 좋겠어? 허락은커녕, 잘랭은 모욕감을 느낄 거라고. 왜 그렇게 생각이 없어?"

"소신이 잘못했습니다, 영주님."

편안히 엎드린 상태로 대답을 하던 재무관의 몸이 굳어졌다. 영주가 별안간 고갤 돌려 그를 쳐다본 것이다.

감자를 쥔 이안의 눈빛이 차가워졌다.

"이 새끼 봐라. 너, 누가 배 깔고 있으라고 했어."

"팔에 쥐가 나서 어쩔 수가 없었습니다."

뻔뻔하게 변명을 하는 재무관의 얼굴에 감자가 날아들었다.

"감자보다도 못한 새끼!"

"어이쿠!"

얼굴을 감싼 재무관이 바닥을 굴렀다. 그는 그 시간도 기합으로 굳어진 몸을 푸는 데 사용했다.

"어디서 뒈지려고 요령을 피워."

이안이 삽자루를 들고 다가오자 재무관은 이게 아닌데 하는 표정으로 황급히 엎드렸다. 생각해 보니 몽둥이보다는 기합이 나을 것 같았다.

"열심히 하려는 것 같아서 봐줬더니, 넌 아직도 멀었어. 그냥 매를 맞자."

"여, 영주님."

"넌 내 사랑의 매가 필요한 것 같아."

이안은 인정사정없이 재무관의 엉덩이를 삽자루로 내리쳤다.

"허어억!"

재무관의 안색이 창백하게 변하고 이마와 목에 푸른 힘줄이 툭툭 튀어나왔다.

엉덩이에 벼락을 맞은 기분이었다. 참을 수 없는 고통에 그는 기어이 눈물을 내비쳤다.

엉덩이를 비비며 바닥을 뒹구는 그를 잠시 내려다보던 이안은 담담한 어조로 말했다.

"엎드려."

재무관은 아픔을 참고 바닥에 엎드렸다. 한쪽 다리를 올리려 하자 이안이 삽자루로 다리를 툭 건드렸다.

"다리는 들지 말고."

"감사합니다!"

"내가 하나 하면 팔을 굽히면서 큰 목소리로 '동료를', 둘 하면 몸을 원위치하면서 '사랑하자' 하는 거야. 알겠어? 하나."

"동료를."

"목소리 봐라."

이안이 삽자루를 다시 들어 올리자 놀란 재무관이 다급히 외쳤다.

"동료를!"

"팔 더 굽혀. 가슴과 배가 왜 땅에 닿나!"

재무관은 이를 악물고 올바른 자세를 취했다. 몸이 비대해 팔굽혀펴기 자세를 유지하는 게 여간 어려운 게 아니었다.

몸무게를 지탱하는 팔과 어깨가 너무 아팠다.

그가 버티지 못할 즘이 돼서야 이안이 입을 열었다.

"둘."

"사랑하자!"

부들거리는 팔로 엎드린 자세로 원위치한 재무관은 거친 숨을 몰아쉬었다.

그의 턱에 땀이 맺혀 바닥으로 뚝뚝 떨어지고 있었다.

"다시 하나."

"동료를!"

"둘."

"사랑하자!"

악이 받친 목소리로 고래고래 소리를 지른 재무관은 눈앞에 있는 이안의 신발을 노려봤다.

예전 같으면 기합을 받는 이 상황이 수치스럽고 모멸감이 들어 못 견뎠겠지만 지금은 아니다.

온갖 풍파를 거쳐 온 노련한 뱃사공의 심정으로 그는 이겨낼 생각이었다.

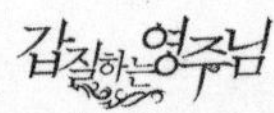

'영주! 당신보다 절대 먼저 죽지 않겠다!'

언제고 이 제멋대로인 영주를 때려눕히고 자신을 구원해 줄 자가 나타날 것이다.

그때까지 살아서 버텨야 한다.

'너의 최후를 지켜보겠다.'

오기가 생긴 그는 그 뒤로도 이어지는 구령에 맞춰 목이 쉬도록 외쳤다.

"좋은 자세다. 목소리에 깡이 보이는군. 앞으로 네 그 살찌고 허약한 몸을 내가 틈이 나는 대로 단련시켜 주겠다. 일어서."

"하아, 하아."

땀으로 목욕을 한 재무관에게 이안이 물을 건넸다.

"마셔."

"감사합니다, 영주님."

물을 마시던 그는 다리에 힘이 풀려 그만 주저앉고 말았다.

엉덩방아를 찧은 그가 얼굴을 붉힐 때 이안이 손을 내밀었다.

"여, 영주님."

"붙잡아."

흔들리는 눈빛으로 잠시 이안의 손을 응시하던 재무관은 물컵을 놓고 양손으로 이안의 손을 붙잡고 일어섰다.

"동료를 사랑하자. 이 말은 내가 가장 중요시하는 것 중 하나야. 어떤 경우든 동료를 팔아서 이득을 보지 않는다. 명심해."

"명심하겠습니다, 영주님."

재무관의 눈을 들여다보던 이안은 옆으로 시선을 돌렸다.

론도가 들어오고 있었다.

"영주님, 무르 영주가 보낸 사람이 왔다 갔습니다."

"무르 영주가? 무슨 일로?"

"저녁 식사에 영주님을 초대했습니다."

들판 숙영지는 오후 들어 속속 도착하는 영주와 그 수행원들로 전날보다 더욱 북적였다.

"무슨 눈이 이리도 많이 내리는가."

포테아그 가문의 나이 지긋한 영주 로링겐은 새하얀 눈으로 뒤덮인 들판 숙영지를 가로지르며 눈살을 찌푸렸다.

폭설이 내리고 있었다.

다른 영주들에 비해 비교적 적은 3백 명이라는 수행원을 이끌고 온 그는 눈앞을 가리는 굵은 눈발을 마음에 들어 하지 않았다.

십수 년을 참석해 온 사슴 사냥 중에 올겨울이 가장 눈이 많이 내리는 것 같았다.

"사냥이나 제대로 될지 모르겠군."

폭설로 인해 무너지는 천막도 여러 곳이었고, 곳곳에서 눈 청소를 하고 있었다.

"이게 누굽니까! 영주!"

옆에서 불쑥 튀어나온 사람은 겁도 없이 로링겐의 말 앞을 가로막았다.

말을 세운 로링겐은 그의 말을 가로막은 덩치 큰 중년의 사내를 내려다봤다.

"무르 영주. 그러다 내 말에 부딪혀 다치기라도 하면 어쩌려고 그러시오?"

주름 가득한 로링겐이 미소 띤 얼굴로 말했다.

"한번 시험해 보십시오, 누가 다치는지, 하하하."

호탕하게 웃던 무르는 옆으로 비켜섰다.

"자리를 잡으신 후, 오십시오. 오랜만에 술이나 한잔하게."

"그러십시다."

빙그레 웃어 보인 로링겐은 무르를 지나쳐 들판 안쪽으로 계속 들어가다 손을 들어 일행을 멈추게 했다.

폭설이 심해 잘 보이지 않지만 낯익은 가문의 깃발이 길 옆 측면에 보였다.

'알베른 가문의 깃발 같은데…… 올해는 참석했나?'

여러 해 전, 대영주에게 도박으로 큰 빚을 진 알베른 가문의 영주를 잠시 떠올리던 그는 말의 허리를 가볍게 찼다.

“가자.”

보넌의 병사들이 안내한 포테아그 가문의 숙영지 자리는 공교롭게도 이안의 숙영지 바로 뒤편이었다.

말에서 내린 로링겐은 부하들에게 힘주어 강조했다.

“바람까지 불면 정말 딱 얼어 죽기 십상이다. 단단히 천막을 쳐라!”

“예! 영주님!”

로링겐 영주의 지시를 받은 포테아그 가문의 병사들은 눈을 밀어 내고 언 땅에 말뚝을 박기 시작했다.

쇠말뚝을 두드리는 망치 소리가 요란하게 났다.

수하들의 천막이 이상 없이 세워진 것을 꼼꼼히 확인한 로링겐은 그때서야 자신의 천막을 치게 했다.

긴 흰 수염을 가슴까지 기른 로링겐은 부하들을 매우 아낄 뿐만 아니라 마차를 타지 않고 직접 말을 몰고 올 만큼 활동적이기도 했다.

활도 잘 쏘아 그는 매번 사슴 사냥에서 보넌 대영주와 우승을 다툴 정도다.

‘단 한 번도 대영주를 이기지 못했는데, 이번엔 이길지 모르겠군.’

앞으로 여러 날 지내게 될 숙영지 둘레를 천천히 돌아보던 그의 시선이 알베른 가문의 숙영지로 향했다.

눈발이 다소 약해져 알베른 가문의 숙영지가 아까와 달리 잘 보였다.

그런데 그 규모가 굉장히 초라했다. 천막도 몇 개 보이지 않고 눈을 치우는 병사들도 얼마 되지 않았다.

재정적으로 어려운 알베른 가문의 현재 상황이 엿보이는 것 같았다.

'그래도 병사들 표정은 밝아 보이는군.'

쌓인 눈을 치우며 그들이 있는 방향으로 20여 명의 알베른 병사들이 다가오고 있었다.

특히 그중에 한 젊은 사내가 유독 눈에 들어왔다. 그는 사람 몸통보다 큰 눈을 굴리며 다가오고 있었다.

"영주님, 참으로 한심하기 짝이 없어 보입니다. 눈을 치우는데 저런 장난이나 치다니. 규율이 엉망입니다."

호위대장의 말에 로링겐은 탐스러운 흰 수염을 쓸어내리며 담담히 웃었다.

"내가 보기엔 모두가 즐거워하며 눈을 치우고 있다. 그 중심은 저 남자고. 아마 저자는 주위 사람을 즐겁게 하는 특별한 재주를 타고났나 보군. 일개 병사 같지는 않은데."

"뭐 하는 자인지 소신이 알아보고 오겠습니다."

호위대장이 숙영지 경계선을 넘어가려 하자 로링겐이 손을 들어 제지했다.

"됐다. 그만 돌아가자."

로링겐이 수하들을 이끌고 사라진 지 얼마 되지 않아 눈을 굴리고 온 이안이 숙영지 경계선에 눈덩이를 멈춰 세웠다.

어느새 눈덩이는 어른 키만큼 커져 있었다.

"빨리빨리 오지 않고 뭐 하나."

"가고 있습니다, 영주님!"

눈덩이를 밀고 뒤늦게 도착한 재무관이 숨을 돌릴 때, 이안은 재무관이 만든 작은 눈덩이를 번쩍 들어 그가 만든 커다란 눈덩이 위에 올려놨다.

그러자 눈사람이 완성됐다.

"하르몬드."

"예, 영주님."

병사들을 이끌고 폭설로 쌓인 눈을 계속해서 치우던 하르몬드가 흰 입김을 뿜어내며 답했다.

"날씨가 심상치 않아. 앞으로 며칠이고 계속 눈이 내릴 것 같아."

잔뜩 흐린 하늘을 보며 이안이 말했다. 눈발이 약해졌지만 하늘은 여전히 눈구름이 가득했다.

"당분간 눈은 우리 막사 주변 위주로 치운다. 이 넓은 숙영지에 쌓이는 많은 눈을 얼마 안 되는 우리 인원으로 다 치우려 했다간 끝이 없을 거야."

사실 막사 주변만 눈을 치워도 보통 일이 아니었다.

"알겠습니다, 영주님."

론도가 영주를 호위해 바깥으로 돌아다니는 동안 숙영지는 하르몬드가 책임지고 관리하고 있었다.

"특히 눈으로 인해 천막이 무너지지 않게 잘 관리하고."

이안은 자신의 천막 크기를 반으로 줄였다.

눈이 워낙 많이 내리고 있어 천막이 무너질 수도 있었고, 한편으론 정해진 시간에 맞춰 천막 위의 눈을 긁어내야 하는데, 천막이 크면 병사들이 고생하기 때문이었다.

쓸데없이 병사들을 힘들게 할 필요가 없었다.

'나무로 임시 막사를 만들어 놓든가. 사슴 사냥을 10년 이상 진행했으면서 찾아오는 영주들을 이렇게 고생시키나?'

보넌의 처사가 괘씸했다.

솔직히 보넌이 마음만 먹으면 인근 숲에서 목재를 가지고 와 눈과 찬 바람을 막아 줄 나무로 만들어진 막사를 짓는 게 그리 어렵지는 않았을 것이다.

이안은 가볍게 몸을 날려 2미터가 넘어 보이는 눈사람 머리 위에 올라섰다.

숙영지 경계선 너머 포테아그 진영이 훤히 보였다.

'날 보던 게 포테아그 가문의 영주였나?'

숙영지 뒤편에 포테아그 가문의 사람들이 도착했다는 보고를 받았던 이안은 조금 전 그를 바라보던 수염이 긴 노인을 떠올렸다.

눈사람 위에서 내려온 이안은 재무관을 돌아봤다.

재무관은 영혼이 사라진 눈빛으로 멍하니 서 있었다.

이안에게 기합을 받고 곧장 병사들과 어울려 눈을 치우는 작업에 동원된 그는 팔을 들 힘도 없었다.

평생 일꾼을 부리며 살아온 재무관은 눈을 치우기 싫었지만, 옆에서 영주가 몸소 눈을 치우니 도망칠 구실도 없었다.

"재무관, 무슨 생각을 하는 거야?"

"예? 아, 아무것도 아닙니다, 영주님."

급히 정신을 차린 재무관이 이안을 쳐다봤다.

"수고했어. 오늘은 푹 쉬어, 힘들어 보이는데."

"아닙니다, 영주님. 저녁에 무르 영주를 만나러 가시지 않습니까? 소신이 동행하겠습니다."

"괜찮아. 그냥 술자리잖아. 론도와 함께 가면 돼."

이안이 스쳐 지나가자 병사들이 그 뒤를 따랐다.

홀로 남은 재무관은 주위를 돌아보다가 눈이 청소된 땅바닥에서 돌을 하나 주워 들었다.

이안이 막사를 향해 걸어가는 뒷모습을 확인한 그는 손에 쥔 돌을 눈사람을 향해 힘껏 내던졌다.

"죽어라, 이 악마 같은 놈!"

눈사람 얼굴 부위에 돌이 박혀 들어갔다.

눈사람이 망가지길 원했지만 오히려 눈사람은 돌이 박힌 부위로 인해 왠지 미소를 짓는 것처럼 변해 버렸다.

눈사람이 더 완성된 느낌을 갖자 재무관은 어이가 없었는지 허탈하게 중얼거렸다.

"끝까지 되는 일이 없군. 빌어먹을."

휘이이잉!

해가 지면서 날은 더욱 추워지고 눈은 바람을 타며 들판 숙영지의 병사들을 괴롭혔다.

들판 창고에 비축해 놓은 장작들이 빠르게 소진되어 갔다.

예상치 못한 폭설과 강한 추위는 빌레퍼숲 일대를 흡사 멀리 북방의 얼음 왕국 알웬의 한 지역으로 바꿔 놓을 기세였다.

횃불을 든 병사들과 함께 무르의 진영에 도착한 로링겐 영주는 눈을 막아 주던 후드를 벗어 부하에게 넘기고 천막 안으로 들어갔다.

"어서 오십시오, 영주."

무르가 의자에서 일어나 천막 안으로 들어오는 로링겐을 크게 반겼다.

가볍게 포옹을 하며 서로의 어깨를 두드린 그들은 화로 옆 탁자에 자리를 잡았다.

탁자엔 몇 가지 음식과 술이 놓여 있었다.

"날씨가 이리 안 좋아 큰일이오. 우리야 사냥을 즐기면 되지만 병사들이 고생이니."

로링겐이 근심 어린 눈빛으로 말하자 무르가 고개를 끄덕였다.

"그러게 말입니다."

이번 사슴 사냥은 예년에 비해 그 즐거움이 반감될 것 같았다.

"이딴 사슴 사냥은 더 이상 안 했으면 좋겠습니다. 안 그렇습니까, 영주?"

퉁명스럽게 말을 한 무르는 술병을 들어 로링겐의 잔에 술을 따랐다.

한 손으로 술을 받은 로링겐은 무르를 보며 부드럽게 말했다.

"작년에도 그리 불평하며 안 온다더니, 올해는 왜 참석한 것이오?"

"영주님 얼굴을 보러 왔지요, 하하하!"

"내가 제법 매력이 있나 보군."

피식 웃은 로링겐은 무르와 술잔을 부딪친 후 술을 쭉 들이켰다.

"그래, 아버님 건강은 어떠시오?"

"건강하실 겁니다."

"무슨 말씀이오 그게? 건강하실 거라니. 같이 있는 게 아니오?"

"몇 달 전에 기병 2천을 이끌고 시페로스 내전에 참전하셨습니다."

동케바니아 열두 왕국 중 하나인 시페로스 왕국은 현재 반으로 나뉘어 내전이 벌어지고 있었다.

수십 년째 이어지는 긴 내전은 여러 왕국의 영주들까지 얽혀 들어 해결될 실마리가 보이지 않는 긴 전쟁이 됐다.

"그분 성미는 여전하군. 이제 그만 쉴 때도 되었는데 말이오."

무르의 부친과 로링겐은 친구처럼 가까운 사이였다. 그래서 무르도 로링겐을 함부로 대하지 않았다.

"제게 영주 자리를 물려주고 몇 년째 심심해하시더니 잘됐지요. 그분은 원래 말 위에서 죽는 게 소원이었으니 말입니다."

전장에서 죽는 걸 무르와 무르의 부친은 명예롭게 생각하는 것 같았다.

이런 정신은 비단 이들 부자만의 사고방식이 아니었다. 몽페르도 가문 기병들의 기상이기도 했다.

괜히 몽페르도 가문의 기병들이 이름을 떨치는 게 아니었다.

"아니, 근데 그 얼굴의 멍은 무엇이오?"

"별거 아닙니다. 한 대 얻어맞은 겁니다."

무르는 아직 부어 있는 광대 부위를 손으로 어루만졌다. 뼈가 부러지지 않은 게 다행이었다.

"얻어맞다니. 싸우다 맞았다는 것이오?"

"예, 우습게 봤다가 큰코다친 격이죠. 내 주먹이 통하지 않는 자는 처음 봤습니다."

"아니, 대체 그가 누구요?"

로링겐은 깜짝 놀라며 물었다.

"궁금하십니까? 그럼 조금만 기다려 보십시오. 그 사람이 오기로 했으니 말입니다."

무르가 장난스럽게 말을 하며 술을 마시자 로링겐은 잠시 궁금증을 묻어 뒀다.

하지만 여전히 놀라움이 가시지 않은 표정이었다.

무르는 포스 검사 여러 명을 한 번에 상대할 정도로 그 실력이 매우 뛰어난 사람이다.

들판에 모인 영주들 중 아마 실력으로 무르를 굴복시킬 자는 없을 것이다.

'대체 누가 이 맹수 같은 무르의 얼굴에 멍을 남긴 것일까?'

멍을 부끄러워하지 않는 무르의 태도를 볼 때 상대를 진심으로 인정하는 것 같았다.

술잔을 몇 차례 비운 그들은 가벼운 이야기에서 점차 무거운 이야기로 옮겨 갔다.

"그나저나 영주께서는 누굴 지지할 생각이십니까?"

무르는 스스럼없이 로링겐에게 물었다. 두 사람은 속마음을 꺼내 놓을 정도로 서로에게 거짓이 없었다.

흰 수염을 습관적으로 훑어 내리던 로링겐이 조용한 어조로 담담히 답했다.

"우리 가문은 아더 왕에게 충성 서약을 했으니 당연히 왕실을 지지해야겠지."

"왕실에 충성 서약을 하지 않는 가문이 있기나 합니까? 당장 대영주들만 해도 그렇지요."

"지난 5백여 년간 왕위 계승 문제로 촉발된 싸움은 여러 차례. 하지만 그 모든 싸움은 왕실 내부의 문제였지 지금처럼 왕실의 일원도 아닌 대영주들이 외부에서 뒤흔든 적은 없었네."

"보넌, 롤만, 에뉴딘, 이 세 명의 대영주들 모두 따지고 보면 혈통적으로 초대 왕의 피를 가지고 있지 않습니까? 그러니 왕실의 일원이 아니라고 볼 수도 없지요."

무르의 주장에 로링겐의 눈빛이 깊어졌다.

"대영주들 중에 왕이 나와야 한다고 보는가?"

"왕이 될 만한 자가 왕이 되어야 한다는 생각입니다. 나는 아무에게나 충성을 바칠 생각이 없습니다. 특히 1왕자처럼 자신의 즐거움을 위해 잔인한 짓도 서슴지 않는 자는 더더욱 반대합니다."

"우리는 성자를 왕으로 추대하는 게 아니야. 이 왕국을 하나로 묶어 줄 왕이 필요한 거지. 왕실의 문제는 왕실의 문제로 놔두는 게 좋아. 만약 외부에서 그 문제를 건드리면 왕국이 쪼개지고 전란으로 인해 왕국이 피폐해질 거네."

"그러기엔 대영주들의 힘이 너무 큽니다. 아시잖습니까?"

산도적처럼 생긴 무르는 몸을 굽혀 맞은편에 앉아 있는 로링겐을 가까이서 응시했다.

"영주님, 명예로운 죽음은 진짜 충성을 바칠 대상이 있을 때나 가능합니다. 1왕자를 위해 저는 대영주들과 목숨을 걸고 싸울 수가 없습니다. 이건 기병을 이끌고 시페로스로 원정을 떠나신 아버지의 뜻이기도 합니다."

"음."

로링겐의 눈빛이 복잡해졌다.

몽페르도 가문마저 왕실에서 멀어진다면 왕국 남동부의 영주들 중 왕실을 지지하는 힘 있는 영주가 사라져 버린다.

"어쩔 수 없지. 몽페르도 가문의 뜻이 그렇다면야. 영주는 영주의 뜻대로 가시오. 나는 나의 뜻대로 갈 테니."

로링겐의 흔들리지 않는 고집 센 눈빛에 무르는 콧잔등을 찡그렸다.

"어지간하십니다. 나야 보넌의 영지에서 멀리 떨어져 있지만 영주님은 가깝지 않습니까?"

"왕실에 바친 충성 서약을 어기면서 어찌 아랫사람에게 충성을 요구하겠나?"

"그게 명예로운 게 아니라니까 그러시네, 허참."

"닥치고, 술이나 마시세. 살아생전 언제 또 이런 술자리를 가질지 모르니 말이야."

"너무 비장하게 말씀하십니다. 걱정 마십시오. 영주님이 어떤 결정을 내리든 나는 절대 영주님과 영주님의 병사들에게 손을 쓰지 않을 테니까."

"참으로 고맙군."

무르와 술잔을 부딪친 로링겐은 껄껄 웃었다.

"영주님, 알베른 가문의 영주님이 오셨습니다."

병사의 보고에 무르는 술잔을 탁자에 내려놓으며 손짓을 했다.

"안으로 모셔라."

"예!"

병사가 물러간 후 로링겐이 놀란 얼굴로 물었다.

"설마 오기로 한 사람이 알베른 가문의 영주였단 말이오?"

"그렇습니다. 이 얼굴에 멍을 만든 사람이기도 하지요."

그들이 대화를 나누는 사이 이안이 어깨에 쌓인 눈을 털어내며 안으로 들어왔다.

의자에 앉아 있던 무르와 로링겐이 일어서서 앞으로 걸어 나왔다.

'저 사람은 아까 그 노인?'

흰 수염을 가슴까지 기른 노인을 가볍게 쳐다본 이안은 옆에 서 있는 무르에게 시선을 돌렸다.

"조금 늦은 것 같습니다. 다른 손님이 계셨군요."

"아니오, 영주. 때맞춰 잘 와 주셨소."

이안을 반겨 준 무르는 반쯤 몸을 틀어서 옆에 서 있는 로링겐을 쳐다봤다.

"이안 영주, 이분은 포테아그의 영주시오."

"아, 그렇습니까? 처음 뵙겠습니다. 알베른의 영주 이안이라고 합니다."

"로링겐이오."

이안을 바라보는 로링겐의 눈은 놀라움으로 가득해 있었다.

알베른의 영주는 뜻밖에도 눈을 굴리며 숙영지 경계선으로 다가오던 젊은 사내였다.

'직접 병사들과 어울려 눈을 치우다니.'

영주의 권위를 모두 내려놓지 않는 한 그런 행동은 불가능했다.

"자리에 앉읍시다."

인사를 나눈 세 사람은 탁자에 둘러앉았다.

이안에게 술을 따라 준 무르는 로링겐에게 큰 소리로 말했다.

"거지 같은 소문을 믿고 알베른의 영주를 무시했다가 이 모양이 됐습니다. 나이는 어리지만 외모는 어른이고 실력 또한 대단하니, 기울어 가는 알베른 영지를 부흥시킬 만하다고 봅니다."

"과찬이십니다."

이안이 겸손한 태도로 말을 했다.

물끄러미 이안을 응시하던 로링겐은 말문을 열었다.

"놀랍군요. 여러 해 전에 알베른의 영주가 아픈 아들을 데리고 온 적이 있는데, 그 아이가 눈앞에 영주시라니. 보고도 믿지 못하겠소이다."

"신이 도왔다고 생각합니다."

이안은 담담한 어투로 말하며 술잔을 기울였다.

들판에 모인 영주들 중 상당수가 어린 이안을 기억하는 것 같았다.

"그 당시 안코노바 마을과 가까운 들판에서 열이 끓어오르던 이안 영주를 부둥켜안고 걱정을 하던 영주의 부친이 떠오르는구려."

"그 자리에 영주님도 계셨군요."

며칠 전 이곳으로 오면서 재무관에게 과거사를 들었던 이안은 새삼스러운 시선으로 로링겐을 응시했다.

"우연인지 몰라도 그 당시 나는 영주의 부친 옆에 자리를 잡았었소. 그래서 인사차 갔다가 그 장면을 목격했지."

"그렇군요. 저는 건강을 회복한 후 과거 기억이 조금 희미

합니다. 후유증이라고 할까요."

로링겐은 이해한다는 듯이 고개를 끄덕였다.

"그래도 다행이오. 이리 건강을 되찾았으니. 게다가 무르 영주를 혼내 줄 정도로 실력도 쌓았으니 말이오."

"혼내 주다니요. 무르 영주께서 양보를 해 준 겁니다."

"양보는 무슨 양보."

두 사람간의 대화를 듣던 무르가 손사래를 쳤다.

"내가 확실히 진 것이지."

무르는 화끈하게 인정을 했다.

"하지만 검을 들면 사정이 많이 달라지겠지. 어떠시오 영주, 나와 검으로 한 번 더 승부를 보는 게?"

"사양하겠습니다. 무르 영주를 이겼다고 소문이 파다하게 퍼졌는데 굳이 제가 또 싸울 이유가 있겠습니까? 지기라도 하면 저만 손해지요."

농담 섞인 말로 이안이 웃어넘기자 무르는 입맛을 다셨다.

그가 저녁에 초대한 이유는 이안의 검술 실력이 궁금해서였다.

그런데 검을 들 분위기가 아니었다.

"그럼 검 대신 술 대결이라도 벌여야겠군."

"그건 마다하지 않겠습니다."

이안은 빙그레 웃으며 무르에게 술을 따라 줬다.

자연스럽게 무르를 대하는 이안을 보며 로링겐은 속으로

감탄을 했다.

'굉장한 여유군.'

외모가 어른스럽게 변해도 실제 나이는 고작 열여섯이다. 무르를 상대할 정도의 실력과 제 나이 같지 않은 어른스러움은 가히 충격이라고 말할 수 있었다.

"이안 영주, 내가 얼핏 듣기론 알베른의 재무관이란 자가 요 몇 년간 아픈 영주 대신 영주 노릇을 했다 하던데, 사실이오?"

로링겐은 이안이 불편해할 이야기를 불쑥 꺼냈다.

하지만 이안은 당황하지 않고 담담히 대꾸했다.

"한때 그런 적도 있었습니다. 제 몸이 완전히 회복되기 전이었죠. 지금은 하나둘 제자리를 찾아가는 중입니다."

"재무관을 죽였소?"

"아닙니다. 지금도 제 옆에서 일을 하고 있습니다. 눈도 함께 치웠지요."

"관대한 것 같소. 나 같으면 당장 목을 베어 일벌백계를 했을 텐데."

이안은 희미하게 웃었다.

"참고하겠습니다."

흥분하지 않고 차분히 답하는 이안을 보며 로링겐이 껄껄댔다.

"참고할 필요 없소. 알베른은 영주의 것이니 말이오. 아무튼 왕국의 마지막 남은 개국공신 가문인 알베르 가문의 부활을 기원하겠소이다."

"감사합니다."

세 사람은 술잔을 기울였고, 겸손한 태도로 일관하는 이안 때문인지 몰라도 분위기는 훈훈했다.

"활은 잘 쏘시오?"

무르가 물었다.

"연습은 좀 해 왔습니다. 망신당하기 싫어서요."

"싸우는 것을 봐서는 활도 제법 잘 쏠 것 같은데…… 보넌 대영주를 이겨 보시오. 부친에게 터무니없는 빚을 지게 한 그에게 설욕을 해야 할 것 아니오?"

모든 건 빌레퍼숲에서 벌어진 사슴 사냥 내기부터 출발했다.

"무르 영주, 이안 영주를 자극하지 마시오. 그러다 보넌 대영주에게 또 다른 빚을 질 수가 있어."

"흠, 그래선 안 되지. 이안 영주, 내 말은 못 들은 걸로 하시오. 괜히 아픈 곳을 건드렸군."

무르가 사과를 하자 이안이 술잔에 술을 따르며 담담히 말했다.

"괜찮습니다."

"한데 말이오. 보넌의 딸 마리와 안 좋은 일이라도 있었소? 영주를 돼지우리 앞으로 보낸 게 그녀던데."

"돼지우리라니? 그건 또 무슨 이야기인가?"

오늘 도착해 아무것도 모르는 로링겐에게 무르는 빠르게 어제 있었던 일을 설명해 줬다.

"그런 치졸한 짓을 하다니. 어찌 보넌의 딸이 그런 일을 벌인단 말인가!"

로링겐이 분개한 표정으로 술잔을 소리 나게 내려놨다.

"아무리 보넌에게 빚을 진 가난한 영지의 영주라도 명색이 영주인데, 감히 영주를 가지고 놀려 하다니!"

"우디차 가문과 싸웠습니다."

이안이 조용히 한마디 하자 무르와 로링겐이 입을 다물고 약간 놀란 시선으로 이안을 쳐다봤다.

"우디차 가문과 싸웠다고?"

"그렇습니다."

술을 비운 이안은 차갑게 식은 구운 고기를 입안에 넣고 우물거리다 꿀꺽 삼켰다.

"아실지 모르겠지만 우디차 가문은 디놀리아강에서 해군을 동원해 강 통행세를 걷고 있습니다. 그곳에서 마찰이 있었습니다. 소형선 지휘관과 그 병사들이 알베른과 날 모욕하고 비아냥거림을 멈추지 않았습니다."

"음."

무르와 로링겐의 표정이 굳어졌다.

"그래서 싸웠습니다. 소형선 세 척을 침몰시키고, 대장선인 전함에 올라 그곳의 지휘관인 발테카에게 사과를 받아 냈지요."

"배 세척을 침몰시켰다고?"

두 영주는 깜짝 놀랐다.

"잘랭 경이라도 그 자리에 있었던 거요?"

"아닙니다. 잘랭은 성에 있습니다. 싸움은 저 혼자 했습니다. 배를 침몰시킨 것도 제가 그런 것입니다."

"영주 혼자서 말이오!"

그들은 경악했다.

떠다니는 배를 세 척이나 침몰시키는 건 매우 어려운 일이다. 그것도 혼자서는 더더욱 어렵다.

그런데 그것을 행한 이안은 아무렇지도 않은 표정으로 태연히 말을 하고 있었다.

"아마 그 일 때문일 겁니다, 대영주의 딸이 저러는 건."

"허허, 믿을 수가 없군. 날개라도 달렸소? 어찌 배를 침몰시키며 대장선까지 굴복시킨 것이오?"

로링겐은 자신이 상상했던 것보다 이안이 훨씬 더 무서운 실력자라고 느꼈다.

왕국 남부의 소문난 강자로 불리는 무르라 해도 강 위에서는 저렇게 활약하기 어려울 것이다.

"후환이 두렵지 않았소? 우디차 가문은 그 자체로도 강하지만 뒤에는 보넌까지 있는데 말이오."

무르가 이안의 빈 잔에 술을 따라 주며 굵은 목소리로 물었다.

카드레체를 마음에 들어 하지 않는 그는 이안이 배를 침몰시켰다는 말에 통쾌해했다.

"후환이 두렵다 해서 알베른이라는 이름을 똥통에 밀어 넣을 수는 없는 게 아닙니까? 두려워도 지켜야지요."

"뭐? 똥통? 크하하하! 그렇지, 그럼 안 되지!"

무르는 어깨가 들썩일 만큼 시원하게 웃어 댔고, 로링겐은 흰 수염을 위에서 아래로 훑어 내리며 고개를 작게 끄덕였다.

목숨이 위태롭다 해도 지켜야 하는 게 있다.

어린 영주는 어려운 결단을 내린 것이다.

"감복했소, 알베른 영주. 나이가 너무 어리다 하여 내심 눈 아래로 보고 있었는데, 내 안목이 얼마나 보잘것없었는지 눈을 뜨게 해 주었소."

로링겐이 호감 어린 시선으로 이안을 봤다.

"별말씀을."

"이제 어찌할 생각이오?"

무르가 물었다.

"조만간 우디차 가문의 카드레체와 만나지 않겠습니까? 그때가 되면 어느 정도 가닥이 잡히겠지요. 싸움이냐, 화해냐."

"만약 싸움으로 간다면?"

"누군가는 크게 후회할 겁니다."

"그 누군가가 누구라고 생각하고 말하는 거요?"

"글쎄요, 나중에 답이 나오겠지요."

이안의 입가에 차가운 미소가 걸렸다.

거침없는 이안의 말에 무르와 로링겐은 고개를 돌려 서로 마주 보았다.

잠시 말이 없던 로링겐이 천천히 입을 열었다.

"보넌 대영주가 우디차 가문과 특별한 관계이긴 하지만 보넌 대영주라면 누구 잘못인지 치우치지 않고 판단을 내릴 거라고 생각되오. 그러니 보넌이 오면 이 문제를 정식으로 제기해 보는 게 어떻겠소?"

"나도 로링겐 영주님과 같은 생각이오. 혹여 우디차 가문과 싸우더라도 보넌 대영주가 개입할 명분을 차단시키는 효과도 있고."

이안은 자신을 위해 조언을 마다하지 않는 두 영주를 찬찬히 둘러보았다.

한 명은 그에게 얻어터진 영주고, 또 한 명은 과거 그가 들판에서 아플 때 가까이서 지켜본 영주다.

이안은 자리에서 일어나 정중히 허리를 숙였다.

"좋은 의견을 주셔서 감사합니다. 그렇게 해 보겠습니다."

"하하하, 뭘 또 허리까지 숙이시오."

무르는 크게 웃으며 이안을 자리에 앉게 했다.

"솔직히 우디차 가문은 재수가 없소. 특히 그 카드레체 자식은 내가 기회가 되면 박살을 내려고 벼르고 있는 중이었지."

"아직도 마리를 못 잊고 있는 것인가?"

로링겐이 웃으며 술을 한 모금 했다.

"무슨 소리를 하는 겁니까? 잊은 지 오래인데. 어제 다시 보니 내가 왜 저런 못된 것을 좋아했는지 또 한 번 후회하는 계기가 됐습니다."

"정말인가?"

"아, 정말이라니까 그러시오!"

무르가 탁자를 주먹으로 내려치며 자신의 결백을 주장했다.

어젯밤에 별장에서 마리와 무르가 언쟁을 벌이는 것을 지켜봤던 이안은 모르는 척하며 술만 마셨다.

"술! 술을 가지고 오너라!"

마리 얘기에 기분이 상했는지 무르는 수하들에게 병이 아닌 술통째 가지고 오라고 지시를 내렸다.

쿵!

단단한 술통 입구를 주먹으로 내리쳐 구멍을 낸 그는 작은 술잔 대신 대접에 술을 콸콸 쏟았다.

"로링겐 영주님도 나를 화나게 했으니 이 술통이 바닥을 드러낼 때까지 이 막사 밖으로 나가면 안 됩니다. 아시겠습니까?"

"그렇게 하지. 나도 술이라면 뒤지지 않으니까."

세 사람은 그렇게 어린아이 몸통만 한 술통을 기울여 빠르게 술을 비워 갔다.

그러면서 이런저런 얘기를 나눴는데, 대부분은 무르와 로링겐 사이에 오고 간 대화였다.

'무르의 부친과 로링겐이 가까운 사이였군.'

두 영주가 유독 친밀해 보이는 이유를 이안이 알게 된 것도 그들의 대화를 통해서였다.

'무르의 부친도 대단하군. 시페로스 왕국의 내전에 기병들을 이끌고 직접 참전하다니.'

무르의 외가가 시페로스 왕국에 있다는 것도 놀라웠다.

그의 할머니가 시페로스 왕국의 먼 왕실 출신이었고, 몽페르도 가문의 기병들은 몇십 년째 꾸준히 외가를 돕고 있다고 했다.

"빌어먹을, 내가 여기서나 영주지 그곳에 가면 왕이 될 수도 있는 몸이라니까!"

술이 얼큰히 들어간 무르는 시페로스 내전에 참전했다가 돌아온 경험을 얘기하며 큰소리를 쳤다.

딸꾹질을 하던 무르는 눈을 비비며 이안을 응시했다.

이안의 몸이 자꾸 두 개로 보였다.

"이안 영주, 내 몸이 몇 개로 보이지?"

"한 개로 보입니다."

"빌어먹을! 아직 멀쩡하군."

술통이 거의 바닥났지만 이안은 흐트러짐 없이 술을 마시고 있었다.

"졸리군."

쿠웅!

술통을 껴안은 무르는 그대로 탁자에 머리를 박고 잠이 들었다.

가만히 그 모습을 바라보던 이안은 옆을 쳐다봤다.

로링겐 영주는 얼굴이 벌게진 채 웃고 있었다.

"덩치만 컸지 술이 약하다니까. 안 그렇소, 이안 영주?"

"그래 보입니다."

남은 술을 비운 이안은 자리에서 일어났다.

"같이 갑시다. 숙영지 위치도 비슷한데."

로링겐과 이안은 술에 취해 잠이 든 무르를 남겨 두고 막사를 나왔다.

달을 가리고 눈이 힘차게 쏟아지고 있었다.

"영주님!"

무르의 천막 외곽에서 영주가 나오기를 기다리던 로링겐의 호위들과 이안의 호위들이 재빨리 모여들었다.

"후드는 필요 없다."

로링겐은 호위가 건네준 후드를 마다하고 이안처럼 눈을 맞으며 길을 걸었다.

두 영주의 뒤로 론도를 비롯한 로링겐의 호위들이 길게 꼬리를 물고 따랐다.

하얀 입김을 토하며 로링겐은 이안에게 작게 말했다.

"영주는 젊소, 그것도 아주 젊지. 다가오는 왕위 계승전에서 버티기만 하면 내가 보기엔 왕국에서 기둥으로 성장할 재목이오."

"높게 평가를 해 주시는군요."

"그만큼 대단해 보이니 하는 말이오."

걸음을 멈추고 이안을 깊은 시선으로 바라보던 로링겐은 다시 걸음을 옮겼다.

"영주는 왕실파요, 아니면 대영주파요?"

"글쎄요."

이안이 말끝을 흐리자 로링겐이 낮게 웃었다.

"영주의 입장을 나도 이해하오. 하지만 개국공신 가문이 모두 역사 속에 사라지고 남은 건 이제 영주의 가문밖에 없소. 어찌 보면 그 상징성은 대단하다 하겠지."

"알베른이 어려움에 처해 있을 때 왕실이 도와줬다는 소리는 못 들었습니다."

"서운하시오?"

"서운할 것 없습니다. 받은 만큼 돌려주면 되는 게 세상

이치 아니겠습니까?"

이안은 표정 변화 없이 담담하게 말했다.

두 사람은 한동안 대화가 끊겼고 이안의 숙영지가 점점 가까워졌다.

"눈이 정말 많이 내리는군. 이래서야 사슴 사냥을 할 수 있겠나?"

혼잣말처럼 중얼거린 로링겐은 걸음을 멈췄다. 바로 옆이 이안의 숙영지 입구였다.

"즐거운 시간이었소, 이안 영주."

"좋은 말씀 많이 들었습니다."

"내일 또 봅시다."

로링겐이 호위들과 함께 이안의 눈앞에서 멀어져 갔다.

그들이 든 횃불이 쏟아지는 눈발에 가려져 작은 불빛으로 변해 갈 때쯤 이안은 론도와 호위들을 데리고 숙영지 안으로 들어갔다.

"수고들 했다."

론도와 호위 병사들을 격려한 이안은 자신의 천막으로 들어가 겉옷을 벗고 침대에 드러누웠다.

"블란조르, 영주들과 친분을 나누는 것도 제법 재미가 있는데?"

－그들이 널 지지해 주는 것 같으니까 그런 것이겠지.

"뭐 어쨌든. 잘랭을 팔라는 필라슈 같은 놈은 아니잖아.

솔직해 보이기도 하고."

—네가 강하니까 무르도 로링겐도 네게 호감을 보이는 것이다. 약했다면 그들은 널 거들떠도 보지 않았을 것이다.

블란조르는 냉정하게 말했고, 이안은 머리를 긁적였다.

"그런 부분도 있겠지. 그래도 두 영주와 가진 술자리가 그리 나쁘지 않았어."

말을 하던 이안이 갑자기 침대에서 벌떡 일어섰다.

—어딜 가려고 하는 것이냐?

"밖에 나가서 검을 수련하려고. 요즘 검 수련을 제대로 못 했잖아. 간만에 싸워 보자고."

—좋은 자세다. 검을 수련하는 자는 늘 자기 발전에 목말라 있어야 한다. 열 번만 죽여 주겠다.

블란조르가 하얗게 웃었다.

반지

눈은 그쳤지만 아침 하늘은 흐렸다. 눈이 잠시 쉬어 가는 것 같았다.

들판 숙영지에 들어온 수많은 사람들은 밤새 쌓인 눈을 치우느라 여념이 없었고, 재무관 역시 그들 중 한 명이었다.

“알베른의 고위 관리인 내가 일개 병사들처럼 눈이나 치우고 있어야 하다니.”

길쭉한 나무로 천막 위의 눈을 걷어 내던 재무관은 쌀쌀한 바람에 몸을 움츠렸다.

“그 빌어먹을 문관도 데리고 왔어야 하는 건데.”

얄미운 문관이 따뜻한 벽난로 앞에서 잠을 자고, 찬 바람을 피해 관청 안에서 시간을 보내고 있을 것을 생각하니 배

알이 꼴렸다.

재무관은 자신의 막사 위의 눈을 치운 후, 한쪽에 놔둔 삽을 들었다.

꺄뮤의 주민이 그가 삽을 들고 눈을 치우는 것을 목격했다면 뒤에서 수군거렸을 것이다.

그나마 이곳은 사람의 시선을 덜 의식해도 된다.

주변을 쓸어 본 그는 헛기침을 하며 삽을 들어 자신의 천막 주변의 눈을 걷어 냈다.

얼마 안 돼 그는 삽을 내려놓고 팔과 어깨를 주물렀다.

어제 기합을 받아서 그런지 몸이 안 쑤신 곳이 없었다.

"허리도 부러질 것 같아."

주먹을 말아 허리를 두드린 그는 천막 뒤편으로 눈을 모았다. 혼자서 하려니 보통 고된 일이 아니었다.

"수프가 다 떨어졌다고?"

아침 식사를 하기 위해 취사 천막으로 간 재무관은 텅 빈 수프 냄비를 보며 눈을 치켜떴다.

"네 이놈들! 감히 재무관이 먹을 음식마저 다 먹은 것이냐!"

"죄송합니다, 재무관님. 하지만 너무 늦게 오셨잖습니까. 안 오시는 줄 알고 병사들이 모두 먹었습니다."

영주와 병사들의 음식을 담당하는 취사병이 국자로 빈 수프 냄비를 소리 나게 탕탕 쳤다.

"눈 청소를 하다 늦게 왔다. 아무도 안 도와줘서 늦게 온 것인데, 내 아침 식사를 남겨 놓지 않다니!"

"빵은 남았습니다."

"따뜻한 수프 없이 그 차가운 빵만 어떻게 먹으란 말이냐!"

취사병마저 우습게 보는 것 같았다. 재무관은 분한 얼굴로 몸을 돌렸다.

'영주가 병사들과 스스럼없이 어울리니 아랫것들이 주제도 모르고 나까지 무시하는 게 아닌가.'

자신이 과거에 취했던 못된 행동은 생각지 않고, 그는 단순히 영주의 영향으로 병사들의 위계질서가 무너지고 있다고 한탄을 했다.

눈을 지그시 감은 그는 이를 악물고 뒤돌아섰다.

"빵이라도 넉넉히 내놓거라."

아침부터 눈을 치우느라 체력을 소비한 그는 배가 너무 고파 뭐라도 먹어야 했다.

자존심을 굽히고 찬 빵을 접시에 담던 그는 화로 위에서 끓고 있는 찻주전자를 발견했다.

"저건 무엇이냐?"

"포테아그 가문의 영주님이 보내온 찻주전자입니다."

"포테아그의 영주가 보냈다고?"

깜짝 놀란 재무관이 고급스러워 보이는 찻주전자를 새삼

스레 쳐다봤다.

"찻주전자 안에는 숙취에 좋은 차가 들어 있습니다. 따뜻하게 데워서 영주님께 가져다드리려고 준비 중입니다."

포테아그의 영주가 차를 미리 우려내 찻주전자에 담아서 보내온 모양이다.

재무관은 이해가 안 됐다.

'어찌 된 일이지? 내가 잠을 자는 사이 무슨 일이 있었던 거야?'

너무 피곤해 어젯밤 일찍 잠이 든 그는 이안이 무르를 만나러 갔다가 그곳에서 로링겐을 만나 친분을 다진 것을 모르고 있었다.

오늘 아침 이안에게 인사를 하러 갔을 땐 이안이 늦잠을 자고 있어서 어젯밤 일을 물어볼 기회가 없었다.

'로링겐 영주가 왜 우리 영주에게 이런 차 선물을 한 거지?'

어제는 몽페르도의 영주가 저녁 초대를 하고, 오늘 아침엔 포테아그의 영주가 차 선물을 하고.

'영주들 사이에서 따돌림이나 당하지 않을까 우려를 했는데, 예상과 전혀 다르잖아?'

차가운 빵을 빠르게 먹어 치운 재무관은 찻주전자를 가지고 가는 병사의 뒤를 따라갔다.

'영주에게 물어보면 어제 무슨 일이 있었는지 알 수 있겠

지.'

영주의 막사 앞엔 론도와 하르몬드가 뭔가 얘기를 나누고 있었는데, 그들의 표정이 밝았다.

'포스 검사가 됐으니 내가 함부로 대하기도 이제는 거북스럽군.'

포스 검사는 어딜 가나 좋은 대우를 받을 수 있고, 평민이라면 귀족으로 신분이 상승할 수도 있다.

재무관이라는 지위로 론도와 하르몬드에게 큰소리를 치고는 있지만 그것도 이제 눈치가 보였다.

"영주님을 만나러 왔네."

"들어가시지요."

재무관이 들어갔을 땐 이안이 병사가 놓고 간 찻주전자를 기울여 찻잔에 차를 채우고 있었다.

"영주님, 편안히 주무셨습니까?"

재무관의 인사에 이안이 고개를 끄덕였다.

"잘 잤어. 그런데 재무관."

"예, 영주님."

"왜 이리 늦게 일어난 거야? 어제 푹 잠을 잤으면서."

이안은 말을 하며 의자에 앉았다.

재무관이 억울한 표정으로 급히 대꾸했다.

"영주님, 그 무슨 말씀이십니까? 소신은 오늘 아침 그 누구보다 일찍 일어나 제가 잠을 잔 막사 주변의 눈을 혼자서

깨끗이 치웠습니다. 영주님이 늦게 일어나셔서 이제야 온 것입니다."

"아, 그런 건가? 미안하게 됐군. 이쪽으로 와 앉아."

"앉으라고요?"

"그래, 빈 의자가 있잖아. 와서 앉아."

이안은 아무렇지도 않은 표정으로 탁자 너머 빈 의자를 가리켰다.

재무관은 조심스럽게 의자에 앉아 이안을 마주 보았다. 탁자 위의 찻주전자에서 장미 향이 올라왔다.

"포테아그의 로링겐 영주가 보낸 차야. 숙취에 좋다고 하는데 마시겠나?"

"아닙니다, 영주님. 소신은 괜찮습니다."

재무관이 사양을 했지만 이안은 직접 차를 따라 재무관 앞에 내려놨다.

"하룻밤 사이에 얼굴이 많이 상했어. 따뜻한 차라도 마시면서 기운 내."

"감사합니다, 영주님."

재무관은 웃고 있었지만 속으로는 울고 있었다.

'내가 누구 때문에 이 모양 이 꼴이 됐는데.'

장미 향이 나는 차 한 모금으로 재무관은 치미는 울화를 씻어 냈다.

'마음의 평화가 중요해. 나는 버틸 수 있다. 나는 버틸 수

있다.'

주술사의 주문처럼 같은 말을 마음속으로 반복하던 그는 조용히 물었다.

"영주님, 로링겐 영주와는 친분이 없는데, 어떻게 이런 차 선물을 받으신 겁니까?"

"어제 무르 영주를 만나러 갔는데, 그곳에 먼저 와 있었어. 그래서 인사도 나누고 술도 함께 마셨지."

"그러셨군요. 하지만 하룻밤 사이에 어떻게 차 선물을 받을 정도로 가까워지신 겁니까?"

이안은 차를 음미하며 빙그레 웃었다.

"글쎄, 난 뭐 특별히 한 게 아무것도 없어서 모르겠어. 그저 끝까지 술을 함께 마셔 준 것밖에는. 아! 그 이야기를 하더군."

"무슨 이야기 말입니까?"

"내가 아플 때 영주 노릇을 하던 재무관을 왜 살려 두냐고 말이야."

차를 마시던 재무관의 몸이 굳어졌다.

"긴장하지 마, 재무관을 죽일 생각은 없으니까. 하지만 늘 자신을 돌아보는 게 좋을 거야. 단두대가 멀지 않다는 생각을 염두에 두면서."

"소신은 지난날을 반성하며 영주님께 충성을 바치고 있습니다. 돈도 바치고 집도 바치고 이제는 이 나약한 몸뚱이마저 내던지며 영주님을 위해 일을 하고 있습니다."

재무관이 목소리를 높이자 이안은 피식 웃었다.

"당연히 그래야지. 얼른 차 마셔. 차 식어."

"……."

이안의 눈치를 살피던 재무관은 차를 한 모금 했다.

"디놀리아강 사건을 그들에게 말했어."

"그러셨습니까? 그들은 뭐라고 합니까?"

우디차 가문과 싸우지 않기를 속으로 바라던 재무관이 이안의 입에 집중했다.

이안은 찻잔을 내려놓으며 담담히 말했다.

"보넌이 오면 정식으로 이 문제를 제기해 보라고 하더군. 그가 카드레체의 장인이지만 한쪽으로 치우치지 않는 공정한 판단을 내릴 거라면서 말이야."

"설마 그렇겠습니까? 카드레체가 사위인데."

재무관은 불신 가득한 눈빛으로 말을 했다.

"나도 이곳에 오면서 그렇게 생각을 했었어. 하지만 더 깊이 생각해 보니까 말이야, 보넌은 주변 영주들의 시선을 의식할 수밖에 없는 대영주의 위치야. 나는 그 점에 한 가닥 기대를 하고 싶어."

"왕좌를 노리고 있기도 하고 말입니다."

"그렇지."

이안은 고개를 끄덕였다.

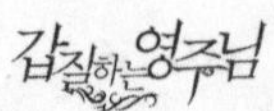

"보넌의 중재로 우디차 가문과의 불화가 원만히 해결됐으면 좋겠습니다, 영주님."

"우디차 가문을 위해서도 그게 좋을 거야. 난 사실 보넌의 중재 따위는 받지 않으려 했으니까 말이야."

마치 우디차를 위해서 큰 양보를 하는 사람처럼 말하는 이안을 보며 재무관은 손끝을 떨었다.

'이 인간은 정말 미쳤군. 우디차 가문과 진심으로 싸울 생각을 하고 있었어.'

그런데 웃긴 건 이런 영주가 이상하게 힘이 되어 자신도 이제는 우디차 가문과 한번 해볼 만하다는 근거 없는 자신감이 조금씩 가슴에 차오르고 있다는 것이다.

'몹쓸 전염병이야, 전염병.'

재무관은 장미 향이 나는 차를 내려다보며 혼란스러운 마음을 추스르려 애를 썼다.

"보넌이 오늘 중으로 오겠지?"

"아마 그럴 것입니다. 내일이 사슴 사냥 기간의 첫날이니까요."

"자, 그러면 그 전까지 부지런히 또 다른 영주들과 안면을 터야겠군."

이제는 재무관이 먼저 나서지 않아도 이안이 더 적극적이었다.

"로벨롱 가문으로 가 볼까?"

"로벨롱 말입니까? 영주님, 송구하오나 로벨롱은 지나치심이 어떠십니까. 가 본들 좋은 이야기는 나오지 않을 겁니다."

재무관이 반대를 했다.

로벨롱은 알베른을 먹어 치우기 위해 기회만 엿보는 곳이었다.

"난 기본적으로 평화를 사랑하는 사람이야. 최근에 저들과 다툼이 발생하지 않았는데, 왜 멀리하려 하나?"

"과거 로벨롱은 알베른의 가신 가문이었습니다."

"알아, 로벨롱의 상당한 땅이 예전엔 알베른의 땅이었다는 것도."

약 250년 전만 해도 알베른의 가신 가문이었던 로벨롱은 독립해 점차 세력을 키워 지금에 이르러서는 알베른을 내려다보는 위치에 있었다.

로벨롱이 알베른을 노리는 데에는 과거에 그의 선조들이 알베른의 가신이었다는 과거를 지우고 싶어 하는 마음도 작용했다.

로벨롱의 전 영주인 코샬르도 군사를 일으켜 알베른을 차지하고 싶어 했다.

그를 막은 건 세 가지였다.

공격할 뚜렷한 명분이 없었고, 왕위 계승전과 샨크 사건이 었다.

결과적으로 그는 뜻을 접고 아들에게 영주 자리를 물려줬다.

"나는 과거 알베른의 화려했던 시절을 꿈꾸지 않아. 그저 지금의 영지를 잘 꾸려 가는 게 목표지. 로벨롱의 영주도 바뀌었으니까 한번 만나는 봐야 할 것 아닌가?"

베르코시는 동생이 사용하던 갈색 활을 천천히 매만졌다. 이 활은 그가 사용하다 동생에게 넘겨준 활이다.

네 살 터울인 동생 잘비안은 훌륭한 여전사이자 화살에 포스를 담아 사용할 만큼 활의 조예가 깊었다.

그런 그녀도 식인 괴물의 상대가 되지 못해 결국 죽음을 맞이했다.

'네 활은 여기 남아 있는데 너는 어디로 간 것이냐.'

동생에게 활을 가르쳐 준 것도 다름 아닌 그였다.

코샬르의 아들인 베르코시는 아버지의 뒤를 이어 로벨롱의 영주가 되었지만 조금도 영광스럽지 않았다.

영주 즉위식은 누구도 초청하지 않고 성에서 우울하게 이뤄졌다.

식인 괴물은 그의 동생을 죽이고, 숙부를 죽이고, 더 나아가 아버지마저 폐인처럼 만들어 버렸다.

괴물은 로벨롱 가문에 어두운 그림자를 잔뜩 뿌리고 한낱 죽음으로 그 책임을 벗으려 했다.

하지만 그는 이 사건을 끝까지 조사하고 있었다.

'쟐비안, 네 한은 내가 꼭 풀어 주겠다.'

동생의 활에 강철 화살을 건 그는 게일론 가문의 숙영지 방향을 향해 활시위를 겨눴다.

'네놈이 범인이냐!'

그는 조사 끝에 그 식인 괴물이 게일론 가문의 영지에서 로벨롱 북부 영지로 건너온 것을 파악해 냈다.

더 나아가 게일론 치크산 폐광에 괴물을 만드는 실험장이 있었다는 것도 밝혀냈다.

치크산 실험장에서 탈출한 자들을 그의 수하들이 만나 증언을 받아 낸 것이다.

베르코시는 이 일의 배후와 게일론의 영주가 관련이 있는 건 아닌지 깊은 의심을 품고 있었다.

'그자만 만나면 진실이 좀 더 명확해질 텐데.'

정체를 알 수 없는 자가 치크산 폐광에서 사람들이 탈출하도록 도왔다고 했다.

폐광에 있었다는 마법사를 죽이고 불을 지른 것도 아마 그 사람일 것이다.

식인 괴물을 만든 배후를 그 사람은 알고 있을 것 같았다.

"영주님, 알베른 가문의 영주가 찾아왔습니다."

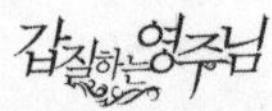

차가운 시선으로 활시위를 당겼던 그는 천천히 힘을 풀고 활을 밑으로 내렸다.

"누가 찾아왔다고?"

"알베른의 이안 영주입니다."

베르코시는 살짝 놀란 표정을 지었다.

로벨롱과 알베른의 영주는 어떤 모임에 참석하더라도 서로 본체만체하는 게 불문율처럼 내려오는 전통이었다.

그런데 그 오랜 불문율을 깨고 알베른의 영주가 먼저 찾아온 것이다.

"무슨 일로 왔다 하더냐?"

"영주님과 인사를 나누고 싶다고 했습니다."

보고를 하는 병사도 당황하고 있었다.

한동안 석상처럼 서서 고민을 하던 베르코시가 느리게 말했다.

"안으로 모셔라."

알베른의 영주가 방문했다는 소식은 로벨롱의 숙영지에 빠르게 퍼졌다.

론도와 재무관, 10여 명의 호위를 이끌고 온 이안은 길게 늘어선 로벨롱 병사들의 따가운 시선을 받으며 묵묵히 발걸음을 옮겼다.

'자식들이 노려보기는.'

이안은 아무렇지도 않았지만 뒤를 따라오는 그의 호위들은 긴장했는지 언제라도 검을 뽑을 태세를 갖췄다.

"론도, 검에서 손 떼라고 해. 아무 일도 없을 테니까."

"예, 영주님."

론도는 수하들이 검에서 손을 떼게 했다.

수백 명의 병사가 늘어선 길을 지나쳐 온 이안은 마침내 로벨롱 영주의 막사에 도착했다.

막사 입구에는 이안이 일전에 본 코샬르의 호위대장 파몰이 서 있었다.

'이제는 코샬르가 아닌 그 아들을 지키나 보군.'

이안이 자신을 알고 있다는 것을 까맣게 모르는 파몰은 딱딱한 얼굴로 말했다.

"처음 뵙겠습니다. 호위대장 파몰이라고 합니다."

"반갑네. 알베른의 영주 이안이네."

이안이 담담히 말했다.

파몰은 눈동자를 움직여 이안의 위아래를 다시 한번 살폈다.

무르 영주의 얼굴에 상처를 남겼다는 소문을 그도 들어서 알고 있었다.

설마 했는데, 가까이서 보니 나이를 뛰어넘은 큰 키와 건장하고 탄탄한 체격이 그의 시선을 사로잡았다.

눈빛이 깊고 서늘했다.

"막사에는 영주님만 들어가실 수 있습니다. 호위는 안 됩니다."

"무슨 소리!"

적진에 온 기분이 들었던 론도가 한 발 앞으로 나섰다.

"그만."

이안은 론도를 제지한 후, 재무관을 돌아봤다.

"로벨롱 영주를 만나고 오겠다. 다들 여기서 기다려."

짧게 말을 한 이안은 호위대장 파몰을 따라 막사로 들어갔다.

넓은 막사 안에는 단 한 사람만 있었다.

'이 사람이 새 영주군. 베르코시라고 했던가?'

밝은 금발, 각진 턱과 두꺼운 입술을 소유한 30대 중반의 건장한 사내가 의자에 앉아 그를 물끄러미 응시하고 있었다.

막사 중앙에 선 이안은 천천히 입을 열었다.

"손님이 왔으면 자리에서 일어나는 법이 아닙니까?"

이안의 지적에 베르코시가 입을 열었다.

"내가 당신을 손님으로 봐야 하오?"

"그럼 적입니까? 나는 그럴 마음이 없습니다만."

잠시 이안과 시선을 교환하던 베르코시는 천천히 자리에서 일어났다.

탁자를 돌아 나온 그는 중앙에 서 있는 이안의 앞에 섰다.

이안과 키가 비슷한 그는 자신의 오른손을 들어 보였다. 손가락에 로벨롱 영주의 반지가 끼워져 있었다.

"이 반지는 로벨롱 가문의 반지요. 당신은 이 반지를 인정하오?"

"멋진 반지군요. 나도 그런 비슷한 반지를 끼고 있는데."

이안은 오른손에 낀 5백 년 역사를 가진 알베른 영주의 반지를 베르코시에게 들어 보였다.

베르코시의 눈매가 꿈틀거렸다.

알베른 영주의 반지에 그의 선조가 입을 맞추며 충성 서약을 맺었다는 것을 그도 잘 알고 있었다.

그러나 그것은 아주 오래전 일.

잠시 반지를 매만지던 이안은 오른손을 내린 후 베르코시를 직시했다.

"나는 로벨롱 가문의 반지를 인정합니다."

"진심으로 하는 말이오?"

"물론입니다. 그것이 뭐 그리 어려운 일이라고."

"우습군. 당신 가문은 이 반지를 2백 년 넘게 인정을 하지 않았소. 그런데 이제 와서 그리 어려운 일이 아니라고 하는군."

"세월이 흐르면 많은 것들이 변하는 법 아닙니까? 사람도 변하고, 감정도 변하고, 이렇게 우리들이 마주 보는 것도 하나의 큰 변화고.”

베르코시는 지난 2백 년이 넘는 적대 관계를 마치 아무 일도 아니었다는 것처럼 쉽게 치부해 버리는 이안의 행동에 기가 막혀 잠시 말문이 막혔다.

한동안 이안의 눈을 들여다보던 베르코시는 몸을 돌려 의자를 권했다.

“앉으시오.”

두 사람은 탁자를 사이에 두고 서로 마주 앉았다.

무려 250년 만에 알베른 가문의 수장과 로벨롱 가문의 수장이 머리를 맞댄 것이다.

“무슨 일로 찾아온 거요?”

“먼저 로벨롱에 나타난 괴물로 인해 큰 피해를 당한 영주에게 진심으로 위로를 보냅니다.”

이안이 자리에서 일어나 정중히 말하자 베르코시의 눈동자가 흔들렸다.

생각지도 않은 위로의 말이었다.

베르코시가 의자에서 일어나 마주 예를 차렸다.

“고맙소.”

두 사람은 다시 의자에 앉아 서로를 바라봤다.

“특별히 용건이 있어 찾아온 건 아닙니다. 그저 영주와 인사를 나누면 좋을 것 같아서 온 것입니다. 하지만 이렇게 마주 보니 이 인사를 나누는 것도 굉장히 큰 의미가 있어 보입니다."

"왜 이러는 것이오?"

"뭐가 말입니까?"

"왜 갑자기 순한 양처럼 다가오냐 이 말이오. 우리 두 가문은 원래 이래선 안 되는 사이인데."

"안 될 게 뭐가 있겠습니까? 우리 두 가문이 과거에 어쨌다는 것은 말 그대로 과거의 일이 아닙니까? 그것도 기억도 안 나는 선조들의 일."

이안은 차분한 태도로 말을 이었다.

"베르코시 영주님, 우리 평화롭게 지냅시다. 가까운 이웃 영지끼리 사이좋게 지내면 얼마나 좋습니까? 각자 영지의 발전에도 도움이 될 겁니다."

"음."

베르코시는 각진 턱을 매만졌다.

그는 이안의 영지에서 최근에 병사들을 많이 모집하고 훈련시키고 있다는 것을 보고받았다.

그는 이것을 심상치 않게 여기고 있었다.

게다가 어제는 놀라운 소식도 그의 귀에 들려왔다.

몽페르도의 영주 무르가 이안과 싸워 패배를 인정했다는 것이다.

검이 아닌 주먹으로 싸웠다지만 어쨌든 베르코시에게는 충분히 경각심을 심어 줄 만한 사건이었다.

알베른이 힘을 키우면 제일 먼저 타도의 대상이 될 게 로벨롱이라고 말하던 아버지의 경고가 베르코시의 귓가에 들려오는 것 같았다.

생각이 깊어 보이는 베르코시의 표정을 보며 이안은 자리에서 일어섰다.

"얼굴을 봤으니 이만 가 보겠습니다. 다른 영주들도 만나 봐야 해서 말입니다."

베르코시는 이안을 따라 자리에서 일어났다.

싸우지 말고 평화롭게 지내자는 이안의 제안에 가타부타 대답을 하지 않았지만, 그는 처음보다 표정이 많이 부드러워져 있었다.

"잘 가시오, 이안 영주."

"다음엔 술이라도 한잔했으면 좋겠군요."

이안이 시원한 미소를 지으며 말하자, 베르코시는 자신도 모르게 그러자고 대답을 할 뻔했다.

깜짝 놀란 그는 급히 입을 다물고 한쪽에 서 있는 호위대장 파몰에게 말했다.

"영주님을 밖으로 모시게."

"꽉 막힌 사람은 아니야."

베르코시를 만나고 나온 이안의 첫마디였다.

"시간을 두고 몇 번 더 만나면 긴 감정의 골과 적대 관계는 해소될 것 같아."

이안이 긍정적인 전망을 내놨지만 재무관은 쉽게 수긍하지 않았다.

"무려 250년 동안 등을 돌리고 있던 두 가문입니다. 큰 명분만 생기면 언제든 알베른을 칠 수 있는 자들이니, 너무 그들을 신뢰하시면 안 됩니다."

"그럴 수도 있겠지. 근데 로벨롱도 그런 걱정을 하고 있는 건 아닐까? 알베른에게 공격받을 수도 있다는. 그래서 더 저러는 거고."

상대를 불신한다면 대화가 어렵다.

"말했지만 나는 기본적으로 평화주의자야. 싸울 땐 달라지겠지만."

악수를 거부하고 무기를 휘두른다면, 이안은 상대방 대가리에 가차 없이 철퇴를 박아 줄 생각이었다.

로벨롱의 숙영지 입구에 세워 둔 말 위에 오른 이안은 또 다른 영주를 방문하기 위해 길을 따라가려다 말을 멈춰 세웠다.

저만치서 하르몬드가 말을 몰아 급히 달려오고 있었다.

'무슨 일이지?'

히히히힝!

말을 멈춘 하르몬드가 이안에게 보고했다.

"영주님, 카드레체가 편지를 보냈습니다."

"편지?"

"예, 상황이 상황이니만큼 영주님께서 편지를 빨리 보시는 게 좋을 것 같아 이렇게 달려왔습니다."

이안은 재무관뿐만 아니라 전 병사들이 우디차 가문과의 일에 집중해 있다는 것을 새삼 깨달았다.

'이런, 나만 너무 여유가 있었나 보군.'

물론 그의 병사들이 싸움을 두려워하는 것 같지는 않았다. 영주가 검을 들고 달려 나가면 그 뒤를 어떤 어려움이 있더라도 같이해 줄 그런 병사들이었다.

이안은 하르몬드가 건네준 편지를 뜯어 내용을 읽어 봤다.

존경하는 알베른 가문의 영주 보시오.

얼마 전 영주가 디놀리아강에서 정당한 임무를 수행 중인 우디차 가문의 해군들을 공격한 행위에 관한 일로 영주와 이야기를 나누고 싶소.

별장에서 기다리겠소. 안전은 보장할 테니 걱정 말고 오시오.

'뭐? 안전을 보장한다고? 이런 싸가지없는 새끼가 말하는 거 좀 봐!'

이안은 편지를 론도와 하르몬드, 재무관이 돌려 읽게 했다.

"이건 마치 우리가 강에서 잘못된 행동을 했다고 전제하는 것 같습니다, 영주님."

론도가 굳은 표정을 지으며 조용히 말했다.

짧은 문장이었지만 카드레체가 이 사건을 보는 시각이 엿보였다.

편지를 몇 번이고 반복해 읽은 재무관은 이안의 눈치를 살폈다.

"영주님, 편지 내용은 신경 쓰지 마십시오. 카드레체가 기선 제압을 하기 위해 자극적으로 쓴 것 같습니다."

말없이 편지를 구긴 이안은 차가운 음성으로 말했다.

"재무관, 카드레체 앞으로 편지 한 장 써. 별장 대신 호숫가에서 보자고."

"예? 별장으로 가시지 않고 말입니까?"

"그래, 마지막 말에 이렇게 덧붙여. 안전은 보장한다고."

재무관은 당황했다.

"진, 진짜로 그런 답장을 보냅니까?"

"보내. 그런 싸가지없는 말로 어디서 오라 가라야. 지가 보넌인 줄 아나. 그것도 남의 별장에 틀어박혀서."

다른 영주들은 들판에서 다 고생하는데 카드레체만 장인의 별장에서 저러는 것도 기분이 나빴다.

재무관이 대신 작성한 편지는 얼마 되지 않아 카드레체의 손에 전달됐고, 그는 크게 분노하며 소리쳤다.

"이런 건방진 놈!"

"어디 줘 보세요."

벽난로 앞에서 향수를 뿌리던 마리는 남편이 준 편지를 받아 읽었다.

그녀 표정이 싸늘하게 변해 갔다.

"정말 대책이 없는 자군요. 무서운 게 없나 봐요."

"무르까지 그 녀석 손에 당했다고 하지 않소. 그러니 더욱 나대는 거겠지."

돼지 똥을 뒤집어쓴 다음 날 그들 부부는 뒤늦게 놀라운 사실을 알게 됐다.

몽페르도 가문의 무르가 돼지우리 자리로 가게 된 이유가 이안에게 패해서였다는 것이다.

"아이들 놀이 같은 주먹질 정도였겠죠. 무르가 검을 들었다면 그는 상대가 되지 않았을 거예요."

"뭐라 하든 강자인 건 확실해. 무르가 만만한 인물도 아니고."

"어떡할 거예요?"

잠시 고민하던 카드레체는 문 옆에 없는 사람처럼 서 있던 호위대장 알레독을 쳐다봤다.

"호수로 간다. 병사들을 준비해."

"알겠습니다, 영주님."

알레독이 나가자 마리는 목소리를 높였다.

"자존심도 없어요? 당신은 1만 명의 군사를 소유한 영주예요. 아버지 다음이라고요. 그런데 저 작은 영지의 영주 말을 듣는 거예요?"

"내가 보니 저놈은 미친놈이거나 겁이 없는 놈이야. 오라고 해서 올 놈 같지도 않아."

우디차 가문의 해군이 이안에게 깨졌다는 소문이 조만간 퍼질 것이다.

그 전에 이안에게 사과를 받고 공개적으로 이 일을 수습해야 한다. 우디차 가문이 유리한 방향으로.

"다녀올게."

"같이 가요."

"마리."

"어떤 자인지 나도 보고 싶어요. 가까이서 볼 수 있는 기회가 흔치는 않을 거 아니에요."

잠시 마리의 얼굴을 쳐다보던 카드레체는 별수 없다는 듯 고개를 끄덕였다.

"알았어. 같이 가지. 대신 함부로 나서지 말고 내게 맡겨둬."

알베른의 깃발을 앞세운 수십 필의 말이 호수를 향해 내달렸다.

높이 쌓인 눈들이 말발굽에 짓밟히고 옆으로 튀었다.

하얀 눈밭에 길을 개척하며 가던 이안은 호숫가 한쪽에서 말을 멈췄다.

추운 날씨에 호수의 바깥 부분 일부가 얼어 있었다. 하지만 얇게 언 살얼음이라 올라갔다가는 그대로 얼음이 깨질 것 같았다.

'서부 수로관 공사는 잘 진행되고 있겠지?'

호수를 보자 가뭄에 신음하는 서부 영지와 수로관 공사가 떠올랐다.

한동안 호수를 응시하던 이안은 말의 허리를 찼다.

"히랏!"

멈췄던 말들이 다시 움직였고 그들은 호수 남쪽으로 이동했다.

카드레체를 만나기로 한 장소였다.

주변을 쓸어 보던 이안은 말에서 내렸다.

쿠웅!

깃발이 매달린 창을 언 땅에 힘 있게 꽂은 이안은 깃발 옆에 섰다.

"여기서 기다린다."

이안의 뒤로 호위들이 늘어섰고, 얼마 후 수백의 기병들이 호수에 나타났다.

사슬 갑옷 위에 망토를 두른 카드레체의 기병들은 전투에 나서는 사람들처럼 눈만 보이는 둥근 투구를 착용했고 방패와 창, 검 등으로 중무장했다.

그들이 탄 말도 마갑으로 무장되어 웬만한 화살이나 검은 그대로 튕겨 낼 기세였다.

폭풍처럼 몰려오는 수백의 기병들이 이대로 돌진해 와도 전혀 이상할 것 같지 않은 분위기에 론도와 하르몬드가 굳은 얼굴로 고함을 쳤다.

"전원 전투준비!"

쉰 명의 호위 병사들은 이안의 앞을 가로막으며 점점 다가오는 저들을 노려봤다.

철컥.

알베른의 병사들도 투구의 안면 가리개를 밑으로 내려 얼굴 전면을 보호했다.

알베른 병사들의 말도 튼튼한 마갑으로 무장되어 있었다. 만일의 사태를 대비해 짐마차에 실고 온 마갑들이었다.

"영주님, 분위기가 심상치 않습니다. 일단 들판 숙영지로 돌아가심이 어떠십니까?"

재무관이 침을 꿀꺽 삼키며 말했다.

"쫄지 마. 싸우는 게 그렇게 두렵나?"

"그것이 아니오라 영주님을 위해서……."

이안은 땅에 박아 놨던 깃발을 뽑아 들고 그를 호위하는 병사들을 지나쳐 맨 앞에 섰다.

"많이도 끌고 왔네."

두두두두두.

수백 필의 육중한 전투마가 힘차게 달리는 기세는 대단해서 호숫가에 얼어 있던 살얼음들이 쩍쩍 금이 갔고, 그들이 지나간 자리엔 눈이 사라지고 맨땅이 보였다.

완만하게 휘어지는 호수의 옆구리를 따라 달려오던 우디차 가문의 기병들이 이제는 일직선 구간에 접어들었다.

"영주님, 속도를 줄이지 않고 있습니다. 정말 싸우려는 것 같습니다."

설마 하는 심정으로 부하들을 전투준비 시켰던 론도와 하르몬드는 검을 뽑아 들었다.

차가운 시선으로 점점 다가오는 우디차 가문의 기병들을 노려보던 이안은 깃발이 휘날리는 창을 들어 투창 자세를 취했다.

"싸가지없는 새끼들이, 먼저 만나자고 제안을 했으면 손톱만큼의 예의는 지켜야 할 것 아니야!"

내공이 주입된 창대가 부르르 떨렸고 그 끝은 파란색으로 빛이 났다.

이안은 거기에서 멈추지 않고 포스를 끌어당겨 내공이 주입된 창을 감쌌다.

고오오오오.

파란색과 밝은 은빛이 뒤섞인 창을 어깨 위로 든 이안은 투창 던지기 선수처럼 몇 발 걸어 나가더니 하늘을 향해 창을 던졌다.

흐린 하늘을 밝게 밝히며 하늘 높이 치솟은 창은 어느 순간 포물선을 그리며 땅으로 급강하했다.

창이 떨어지는 곳은 이안을 향해 노도처럼 밀려오는 카드레체 기병들의 앞이었다.

빛에 휩싸인 창이 땅에 떨어지는 순간, 눈부신 섬광과 함께 강력한 폭발이 일어났다.

쿠쾅!

굉음과 함께 흙과 돌이 비산했고, 후끈한 열기가 사방으로 파도처럼 밀려갔다.

후우우우우웅!

후폭풍의 열기는 인근에 쌓인 눈을 일시에 녹이는 것은 물론 밀려오던 카드레체의 기병들까지 덮쳤다.

펑펑펑!

강한 압력을 동반한 뜨거운 바람에 얻어맞은 수십여 명의 기병들이 말 위에서 일시에 굴러떨어졌고, 놀란 말들은 앞발을 높이 치켜세우며 울부짖었다.

히히히힝!

"모두 멈춰라!"

카드레체는 윤기가 흐르는 자신의 갈색 말을 겨우 진정시키며 큰 소리로 외쳤다.

선두의 기병 수십여 명이 바닥에 떨어져 신음을 흘리고 있었고, 전열은 엉켜 엉망이 돼 있었다.

카드레체는 굳은 표정으로 전면을 응시했다.

버섯 구름을 만들며 하늘로 치솟았던 먼지구름층이 가라앉자, 폭이 넓은 커다란 구덩이가 나타났다.

구덩이 안에는 반쯤 불타 버린 알베른 가문의 깃발을 매단 창 한 자루가 꽂혀 있었다.

'믿을 수가 없군. 이 모든 게 저 창 한 자루 때문이었다는 말인가?'

기병들의 다리를 묶어 버린 창을 흔들리는 눈빛으로 노려보던 카드레체는 천천히 앞을 응시했다.

알베른 가문의 병사들이 말을 타고 다가오고 있었다.

"부상자들을 뒤로 빼라."

"예! 영주님!"

기병대 지휘관은 병사들을 지휘해 낙마한 병사들을 대열 맨 뒤로 옮겼다.

"여보, 이게 어떻게 된 거죠?"

알레독의 호위를 받으며 뒤에서 따라온 마리가 충격받은

눈빛으로 구덩이와 창을 응시했다.

"아무래도 이안, 그 녀석이 손을 쓴 것 같아."

"말도 안 돼요."

마리는 불신하며 소리쳤다.

"당신은 별장으로 돌아가는 게 좋겠어. 위험할 수도 있으니까."

"천만에요! 누가 감히 보넌의 딸을 건드리겠어요!"

마리의 고집 센 눈빛에 카드레체는 포기했는지 말을 앞으로 몰았다.

호위대장 알레독과 기병대 지휘관, 그리고 포스검을 사용할 줄 아는 호위 다섯이 카드레체를 호위하며 뒤를 따라갔다.

카드레체가 말을 멈춘 곳은 창이 꽂혀 있는 구덩이 앞이었다.

잠시 후, 이안이 론도와 하르몬드, 재무관을 이끌고 구덩이 반대편에 도착했다.

"이런, 가문의 깃발이 타 버렸군."

흰말에서 내린 이안은 카드레체는 거들떠도 보지 않고 깊숙이 파인 구덩이 안으로 걸어 들어가 창을 뽑아 구덩이 밖으로 나왔다.

'파괴력이 엄청나군. 생각보다 위력이 센데?'

내공과 포스를 섞은 창의 위력은 이안이 기대한 것 이상이었다.

마치 포탄이라도 떨어진 것 같은 위력이었다.

"당신이 알베른의 영주요?"

가만히 이안이 하는 짓을 지켜보던 카드레체가 물었다.

"그렇습니다. 알베른의 영주 이안이라고 합니다. 당신은 우디차 가문의 카드레체 영주겠군요."

이안은 차분히 말을 하며 불에 탄 가문의 깃발을 이리저리 살피는 시늉을 했다.

여유가 흘렀다.

"이런 상황으로 만나니 심히 유감입니다, 카드레체 영주."

"나도 유감이오."

탐색하는 시선으로 잠시 이안의 전신을 훑어보던 카드레체가 말했다.

"그 창을 던진 게 영주요?"

"그렇습니다. 수백의 기병들이 달려오는데 무서워서 견딜 수가 있어야지요."

이안은 불에 탄 부위를 찢어 내며 담담히 답했다.

이안이 인정하자 카드레체는 물론 호위들의 표정도 굳어졌다.

창에 이 정도 힘을 담아 던질 수 있는 사람을 본 적이 없었다.

왕국의 최강자로 꼽히는 보넌과 같은 초강자들만이 이런

위력을 낼 수 있을 것이다.

'이 녀석이 진짜 초강자 수준이란 말인가? 아니면 마법 물품을 이용한 것인가?'

한동안 말이 없던 카드레체가 입을 열었다.

"오해를 하고 있군. 이들은 내 호위대요. 내가 가는 곳은 대부분 따라다니지. 당신을 공격하려고 한 게 아니오."

"아, 그렇습니까? 하지만 내 눈엔 그렇게 보이지 않아서 말입니다."

이안을 압박하기 위해 일부러 보란 듯이 기병들을 앞세우고 달렸던 카드레체는 속이 뜨끔했다.

원래는 이안의 코앞까지 가서 군사들을 멈추게 할 생각이었다. 첫 만남에서 우위를 점하기 위해서.

한데 그의 예상과 달리 이런 일이 벌어진 것이다.

'예측하기 어려운 자군.'

카드레체는 손이 지저분해지는 것도 마다하지 않고 불에 탄 깃발을 손보는 이안을 지그시 바라보다가 말 위에서 내려왔다.

"좋소. 둘 다 오해를 한 것 같으니, 창 공격은 악의가 없는 일로 하겠소."

이안은 피식 웃으며 창을 이리저리 휘둘렀다. 불에 탄 부분을 찢어 내니 알베른 가문의 깃발이 반도 남지 않았다.

"그것 참 고맙군요."

"날씨도 추우니 핵심만 말하겠소. 디놀리아강에서 벌인 일을 사과하시오. 그럼 이번 사건은 책임을 묻지 않고 이대로 조용히 지나가겠소."

"사건의 발단은 보고받았습니까?"

창을 하르몬드에게 건넨 이안은 구덩이 너머 서 있는 카드레체를 응시하며 물었다.

"보고받았소."

"그런데도 사과를 요구하는 겁니까?"

"기분이 불쾌하다 하여 배 세 척을 침몰시키는 건 과해도 너무 과한 처사가 아니오? 지휘관만 꾸짖으면 될 일."

"꾸짖는 것으로 해결될 일이었으면 좋았겠지만, 상황이 그렇지 못했습니다. 꼭 얻어터져야 정신을 차리는 족속들이 있어서 말입니다."

"지금 우디차 가문을 빗대어 말하는 거요?"

카드레체의 눈빛이 차가워졌다.

"적어도 소형선에 타고 있던 자들은 그래 보이더군요. 그리고 기분이 불쾌하다고 표현했는데, 나는 그때 기분이 전혀 불쾌하지 않았습니다. 알베른의 명예를 지키고 싶다는 간절한 마음뿐이었지. 지금도 그 마음은 이 심장에 그대로 남아 있습니다."

이안은 자신의 가슴을 깃발을 뜯어내며 검게 물든 손바닥으로 소리 나게 탁탁 쳤다.

이안에게 알베른은 이계인의 공격으로 잿더미처럼 변한 도시와도 같았다.

보살피고 관리를 해 주면 다시 활기찬 영지가 될 수 있다.

그것은 지구에서 못다 한 일들에 대한 이안의 아쉬움을 만회할 만한 일이었다.

"그래서 사과를 안 하겠다는 거요?"

"정당한 행동이었습니다. 오히려 사과를 받아야 하는 건 내가 아닙니까? 큰 영지라 하여 작은 영지는 벌레처럼 취급해도 되는 겁니까?"

"일을 정말 어렵게 만드는군. 후회 안 할 자신이 있소? 영주가 강하다 하여 영지 전체를 보호하지는 못할 터. 1만 명의 군사가 알베른에 들이닥치면 그땐 어쩔 것이오? 그것이 정말 알베른을 위한 행동이오?"

카드레체는 검을 뽑아 바닥에 꽂았다.

"잘 들으시오, 이안 영주. 나는 당신과 친구가 될 수도 있고, 적이 될 수도 있소. 이 자리에서 사과하면 당신 영지의 배는 강 통행세를 내지 않아도 좋소. 하지만 만약 거부한다면 내 장담하건대 우디차 가문의 모든 힘을 동원해 당신 영지를 짓밟아 주겠소. 갈기갈기 찢어 놓을 거요."

실로 무시무시한 경고였다. 전쟁 선포와도 같았다.

뒤에서 지켜보는 재무관은 애간장이 다 타고 가슴이 콩닥콩닥 뛰었다.

'이 미친 영주야, 그냥 머리 한번 수그려.'

하지만 그의 바람과 달리 이안은 미동도 하지 않고 검을 바닥에 꽂은 카드레체만 깊은 눈빛으로 응시하고 있었다.

"결정하시오. 내 인내심을 시험하지 말고."

"할 말 다 했습니까?"

그림 같은 동작으로 이안이 부드럽게 검을 뽑아 카드레체처럼 바닥에 꽂았다.

콰앙!

큰 소리와 함께 구덩이 주변 땅이 크게 진동했다.

부드러운 동작과 달리 검에 깃든 힘이 어마어마했다는 것을 의미했다.

카드레체와 그를 호위하는 병사들의 안색이 변했다.

"이제는 내가 경고하지요. 내 땅에 우디차 가문의 병사가 들어오는 날, 그날이 우디차 가문이 사라지는 날이 될 겁니다."

"이런 미친 자를 봤나! 보자 보자 하니 눈에 보이는 것이 없느냐!"

욱하는 성격이 있는 카드레체의 호위대장 알레독이 검을 뽑아 이안을 겨누며 외쳤다.

그의 검은 포스로 인해 붉은빛을 띠었다.

"어디서 감히 알베른의 영주 따위가!"

"카드레체 영주, 지금 저자가 날 모욕하는군요. 그냥 보고 있을 겁니까?"

카드레체는 자신의 마음을 속 시원하게 대변하는 알레독을 굳이 만류할 생각이 없었다.

그의 침묵에 힘을 얻은 알레독이 다시 소리쳤다.

"영주 간에도 엄연히 그 높고 낮음이 있는데, 감히 그 알량한 실력을 믿고 우디차 가문과 맞서려 하다니! 나이가 어려 현실 파악이 둔한 것이냐!"

"혀를 잘 관리하는 게 좋을 것이다, 죽고 싶지 않으면."

"닥쳐라! 나는 우디차 가문의……."

서걱.

은빛 섬광이 눈을 부릅뜨고 소리치던 알레독의 목을 가르고 지나갔다.

이안이 눈 깜짝할 사이에 알레독의 목을 베어 버린 것이다.

그것은 그야말로 찰나의 순간이어서 그 누구도 이안이 어떻게 구덩이를 넘어와 검을 사용했는지 눈치채지 못했다.

휘익!

몸을 날려 제자리로 돌아온 이안은 피 묻은 검을 다시 땅에 꽂았다.

군더더기 없는 행동이었다.

"경고를 무시한 대가다."

푸쉬이이익!

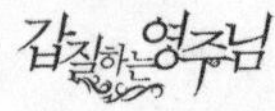

목이 베인 알레독이 뒤늦게 뒤로 넘어가며 피 분수를 뿜어냈다.

그 모습을 기병들 사이에서 지켜보던 마리는 자신도 모르게 두 손으로 목을 감싸며 몸을 떨었다.

단 한 번도 이렇게 과감한 자는 보지 못했다. 그것이 병사든 영주든.

'아니, 아버지가 유일해.'

기병들 사이에 숨어 앞을 보던 마리는 이안과 시선이 마주치자 황급히 기병의 등 뒤로 가 얼굴을 가렸다.

뛰어난 포스 검사인 알레독이 손 한번 쓰지 못하고 당했다. 이안이 마음만 먹으면 그녀도 죽일 수 있을 것 같은 두려움이 밀려왔다.

알레독의 죽음으로 인해 분위기가 아주 험악해졌다.

"영주님을 보호해라!"

포스를 사용하는 호위들이 검을 뽑아 카드레체를 감싸며 천천히 뒤로 물러났다.

"뭣들 하느냐! 앞을 차단해!"

기병대 지휘관의 고함 소리에 기병들이 정신을 차리며 구덩이 앞을 가득 메워 이안이 접근하지 못하게 가로막았다.

"모두 비켜라!"

카드레체는 호위들과 기병들을 밀어 내고 앞으로 걸어 나왔다.

그는 크게 분노한 눈빛으로 시체가 된 알레독을 내려다봤다.

"이안! 내 호위대장을 죽이다니!"

"이번에도 내 잘못입니까? 내 경고를 무시하고 날 모욕한 건 그가 아닙니까? 왜 그를 방치했습니까?"

눈빛이 차가워진 이안은 검에 손을 얹었다.

"사과는 없습니다. 대신 내가 경고한 말, 뼛속까지 새겨듣는 게 좋을 겁니다. 내 땅에 들어오거나 내 사람을 건드리면, 반드시 우디차 가문을 뿌리째 뽑아 없애 버릴 겁니다."

땅에 박힌 검을 뽑아 든 이안의 전신에서 사람들을 압도하는 기세가 흘러나왔다.

'구부리라고 해서 구부리면 그다음엔 아예 꺾어 버릴 놈들이야.'

약해 보이면 잡아먹힌다.

짐승들의 세계에서나 있을 법한 먹이사슬에서 자유로워지려면, 어느 한 가지로라도 무시 못 할 면을 보여 줘야 한다.

'좆같은 새끼들이 지들은 마음대로 하면서 내가 이러니까 입에 거품을 물고 있네.'

작은 영지가 이빨을 드러내니 당황할 법도 했다.

"여, 여보, 그만 돌아가요."

"……."

카드레체는 자존심이 상했는지 마리가 다가와 말을 걸었

는데도 움직이지 않았다.

그의 시선은 이안에게 가 있었고 그의 손은 검 손잡이에 올라가 있었다. 검을 뽑을지 말지 망설이는 것 같았다.

"여보, 안 돼요."

마리는 굵은 힘줄이 튀어나온 남편의 손등을 감싸며 빠르게 속삭였다.

"지금은 아니에요. 훗날을 기약해요."

으드드득.

이를 간 카드레체는 검 손잡이에서 손을 떼었다.

마리 말대로 괴물처럼 강해 보이는 이안을 그의 검으로 상대하기에는 벅찼다.

"이안, 오늘 일을 절대 잊지 않겠다."

"내 경고도 잊지 마시기를 바랍니다."

검을 검집에 넣은 이안은 정중히 말했다.

"평화를 원하면 언제든 나는 두 팔을 벌려 당신과 포옹을 하겠습니다, 잘 생각해 보십시오."

"흥! 빚쟁이 영주 주제에!"

마리는 참지 못하고 무심코 말을 내뱉었다가 급히 호위 뒤로 몸을 숨겼다.

하지만 이안은 낮게 웃고 있었다.

"하하하! 맞습니다. 난 빚쟁이 영주입니다. 한데, 앞에 계신 분은 누구십니까?"

"마리다! 보넌 대영주가 내 아버지다!"

"그렇군요."

이안은 돼지 똥을 뒤집어쓰고 비명을 지르던 마리의 모습을 떠올리며 자신의 말로 향했다.

론도와 하르몬드는 뿌듯해하는 눈빛으로 그를 응시하고 있었고 반면에 재무관은 불안함이 가득한 표정이었다.

"걱정 마, 재무관. 경이 저들에게 죽으면 내가 복수해 줄 테니까."

가벼운 농담을 하며 말에 오른 이안은 구덩이 너머를 응시했다.

카드레체가 갈색 말에 올라 그를 노려보고 있었다.

"아, 한 가지 말을 안 했군요. 대영주가 오면 디놀리아강 사건이 누구 잘못인지 의견을 물을 생각입니다."

"대영주가 네 잘못이다 하면 그땐 어쩔 것이냐?"

"그건 그때 가서 생각해 보도록 하죠."

빙그레 웃던 이안의 얼굴에서 서서히 미소가 걷혔다. 땅이 진동하고 있었다.

두두두두두.

빌레펴숲 방향에서 셀 수 없이 많은 기병들이 나타나 호수 남쪽 길을 따라 빠르게 이동해 오고 있었다.

이안과 카드레체가 대치해 있는 방향이었다.

'저들은…….'

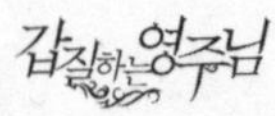

히히히힝! 푸드드득. 두두두두두.

늑대와 장미가 새겨진 갑옷과 투구를 걸치고 녹색 망토를 휘날리는 수천 명의 기병들은 그 움직임이 일사불란해 마치 녹색 물결이 밀려오는 것 같았다.

그리고 그 수천 명의 기병들을 이끄는 선두엔 천여 명의 검은 망토를 착용한 보넌의 친위대가 있었다.

정예병 중에서도 충성심이 강한 자들을 가려 뽑아 보넌이 직접 조련했다는 악귀 같은 병사들.

표정 없이 다가오는 친위대 앞엔 그보다 더 표정이 없어 보이는, 사자 갈기를 닮은 머리를 한 노인이 있었다.

바로 보넌이었다.

말고삐를 잡지도 않고 그는 팔짱을 낀 채 말을 타고 있었다.

다루지 못하는 무기가 없다고 알려진 싸움의 달인이자 벨로린 왕국 남부의 패자, 보넌 대영주.

그의 등장은 이안의 시선을 단번에 끌어당겼다.

'저 사람이 보넌.'

수천 명의 기병들보다 보넌의 존재감이 압도적으로 컸다. 다른 사람 눈에는 어땠는지 모르지만 그의 눈에는 그랬다.

수많은 기병들이 사라지고 홀로 말을 타고 다가오는 것처럼 느껴졌다.

1인 군단.

보넌에게 딱 어울리는 말이었다.

'쎄다.'

이안은 본능적으로 보넌이 강하다는 것을 알아봤다.

"아버지!"

보넌의 등장에 마리가 기뻐하며 자신의 말을 몰아 길 앞을 가로막았다.

보넌이 손을 올리자 거짓말처럼 거대한 기병들의 행렬이 빠르게 멈춰 섰다.

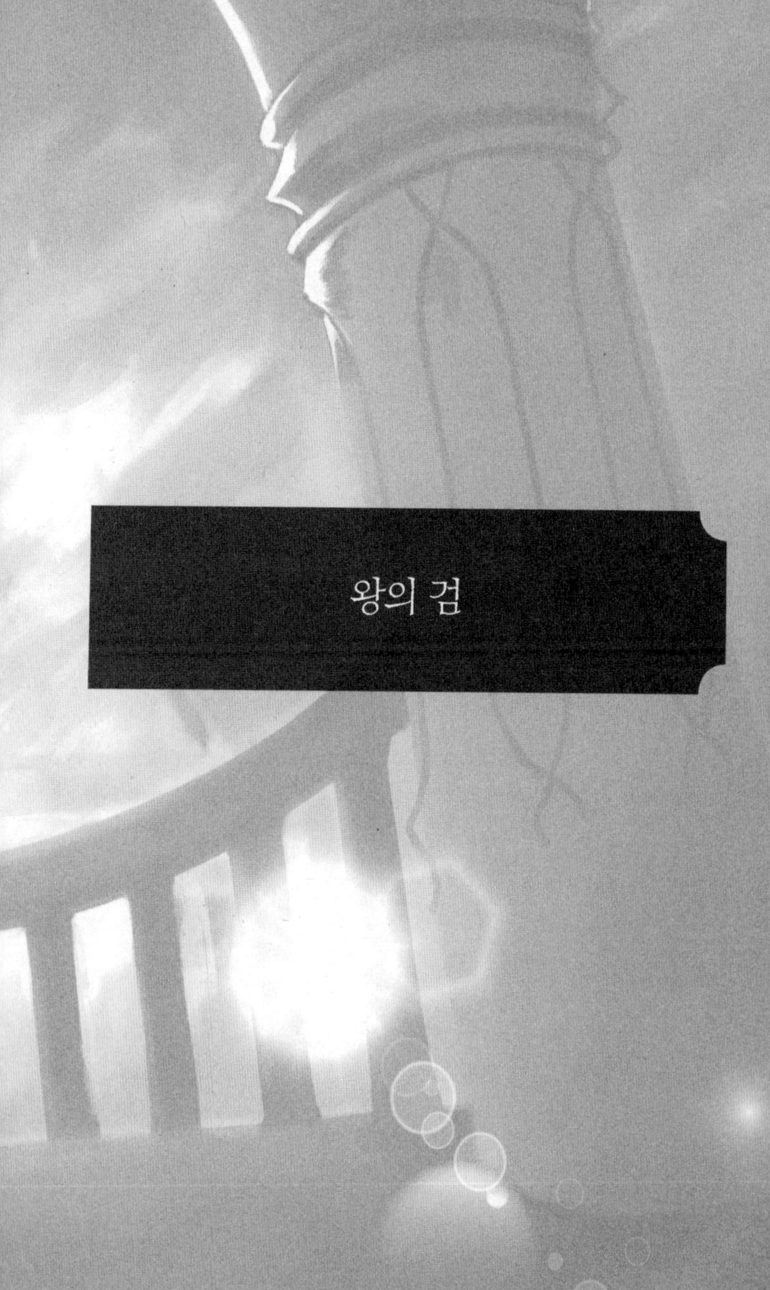

왕의 검

"마리."

"아버지!"

딸이 반가운 표정으로 다가왔지만 보넌의 표정은 싸늘했다.

"방금 네가 길을 막는 바람에 말 몇 마리는 발목을 다쳤을 것이다."

수천의 기병들이 움직이는 행렬을 갑자기 멈춘다는 것은 매우 위험한 일이었다.

다른 자가 함부로 길을 막았다면 보넌은 멈추지 않고 그대로 깔아뭉개고 지나갔을 것이다.

"죄송해요, 아버지. 반가워서 그랬어요."

마리를 말없이 응시하던 보넌은 왼쪽으로 시선을 돌렸다.

호숫가에 수백의 기병들이 대치하듯 모여 있었고, 그의 사위 카드레체와 처음 보는 젊은 사내가 말을 몰아 그를 향해 다가오고 있었다.

"여기서 뭘 하고 있었던 거냐?"

"알베른의 영주에게 사과를 요구하고 있었어요."

"사과?"

보넌이 카드레체 뒤로 보이는 젊은 사내를 바라봤다.

"저 사내가 알베른의 영주란 말이냐?"

"맞아요. 겨우 열여섯 살밖에 안 되는 어린 녀석이지만 겉늙었어요."

말고삐를 잡은 마리는 고개를 돌려 남편 뒤를 따라오는 이안을 매섭게 노려봤다.

"아버지, 저자가 디놀리아강에서 우리 배를 세 척이나 침몰시켰어요. 그것도 모자라 조금 전엔 남편의 호위대장을 죽이고 위협까지 했어요. 책임을 물어 주세요."

마리가 보넌에게 고자질을 하는 사이 카드레체와 이안이 차례로 도착했다.

"어서 오십시오, 대영주님. 기다리고 있었습니다."

카드레체는 장인인 보넌에게 깍듯이 인사를 했다.

그는 장인에게 잘 보이기 위해 항상 노력하고 있었다.

사위의 인사를 고개를 끄덕여 가볍게 받은 보넌의 시선이 자연스럽게 이안에게로 향했다.

카드레체 뒤에 있었던 이안은 말을 조금 앞으로 가게 한 후 보넌을 마주 봤다.

'드디어 보넌과 만나는군.'

이안은 마음속으로 여러 감정이 샘솟았다.

알베른의 재정 악화를 초래한 사람이자 왕좌를 노리는 야심가.

'눈빛이 사자처럼 이글거리고 있어.'

웬만한 사람은 보넌의 강한 눈빛을 견디지 못해 주눅이 들었겠지만 이안은 담담히 받아넘겼다.

"알베른의 영주 이안입니다. 이번에 초대장을 받고 참석했습니다."

보넌에게 큰 빚을 졌지만 비굴함 없는 당당한 태도로 이안은 인사를 했다.

잠시 이안의 깊고 맑은 눈을 들여다보던 보넌이 말을 몰아 다가왔다.

말 머리가 붙을 정도로 가까워진 보넌이 쉿소리가 섞인 굵은 목소리로 이안에게 말했다.

"건강을 회복했다는 소식은 들었네. 그래서 초대장을 보냈지. 하지만 이렇게 외모가 남달라질 줄은 몰랐군. 좋은 일이야."

"감사합니다."

"이제는 내 앞에서 겁을 내지 않는군. 몇 년 전에는 날 보자마자 울면서 세실 영주의 품에 안겼는데 말이야."

세실은 이안의 부친 이름이었다.

당시 세실 영주는 이안을 사슴 사냥에 데리고 와서 보넌에게 인사를 시켰었다.

"그런 일이 있었군요. 건강을 회복한 후 과거 기억 일부가 희미해졌습니다."

"그럼 내가 했던 말도 기억 못 하겠군."

"무슨 말씀을?"

궁금해진 이안이 물었지만, 보넌은 말의 머리를 쓰다듬으며 알려 주지 않았다.

"과거 기억을 살려 내 보게."

수수께끼 같은 숙제를 내준 보넌이 호숫가를 내려다봤다.

그가 있는 위치가 약간 높아서 우디차 가문과 알베른 가문의 기병들이 커다란 구덩이를 사이에 두고 대치해 있는 게 아주 잘 보였다.

"누가 이 상황을 내게 설명해 줬으면 좋겠군."

"아버지! 조금 전에 제가 말씀드렸잖아요. 저자가 강에서 배를 파괴하고 호위대장까지……."

보넌이 손을 들어 딸의 입을 막았다.

그는 고개를 돌려 카드레체를 노려보듯 응시했다.

"자네가 말해 봐."

장인의 지목을 받은 카드레체는 이안을 힐끔 쳐다본 후 디놀리아강에서 벌어진 사건을 빠르게 설명했다.

자신에게 유리하게 말을 꾸미고 싶었지만, 바로 옆에서 이안이 지켜보고 있어서 있는 사실 그대로 이야기할 수밖에 없었다.

그렇다고 그는 장인이 이안의 손을 들어 줄 거라고는 생각하지 않았다.

자신은 보넌의 사위이자 보넌의 대업을 위해 노력해 줄 우디차 가문의 주인이기 때문이다.

묵묵히 카드레체의 말을 다 들은 보넌은 이안을 돌아봤다.

"이안 영주는 다른 할 말이 있는가?"

"아닙니다, 대영주. 카드레체 영주에게 들으신 말 그대로입니다."

이안의 꾹 다문 입술을 한동안 바라보던 보넌은 커다란 구덩이로 시선을 옮겼다.

다른 사람 눈에는 안 보일지 모르지만, 초강자의 위치에 오른 보넌은 단번에 알아보았다.

그것이 강력한 포스의 폭발 흔적이라는 것을.

"저것도 이안 영주가 그런 것인가?"

"그렇습니다."

"대단하군. 세실 영주의 품에 안겨 울던 그 어린 소년이 우디차 가문과 싸울 정도로 성장을 했군."

"아버지! 지금 누굴 칭찬하시는 거예요!"

지켜보던 마리가 불만을 표출했다.

"피해를 본 사람이 누구인지 잊으신 거예요?"

"한 번만 더 나서면 아무리 너라 해도 용서하지 않겠다."

보넌의 차가운 경고에 놀란 마리는 입을 다물고 얌전해졌다.

아버지가 화가 나면 얼마나 무서운 사람이 되는지 그녀는 어려서부터 봐 왔다.

"나 보넌은 카드레체 영주의 장인이 아닌 대영주로서 내 의견을 말하겠다. 이번 일은 알베른 영주의 잘못이 아니다. 영주의 명예가 배 세 척보다 못하다고 한다면, 우리 영주들이 너무 가치가 없는 게 아닌가?"

쿠웅.

카드레체는 심장이 덜컥 내려앉은 기분이었다. 설마 이렇게 대놓고 이안의 편을 들어 줄 줄은 몰랐다.

"아, 아버지."

마리도 당황하는 기색이 역력했다.

심지어 이안도 살짝 놀랐다.

이안이 바라던 건 보넌이 우디차 가문의 손을 들어 주지 않고 중립을 지키는 정도였다.

그런데 중립을 넘어 이안을 적극적으로 옹호한 것이다.

"카드레체."

"예, 대영주님."

"누가 디놀리아강에서 세금을 걷으라 했지?"

"예? 그것이……."

카드레체의 시선이 마리에게로 향했다.

"푼돈에 욕심을 내고 있었다니, 실망스럽군. 비켜서라."

보넌이 멈췄던 기병들을 움직이려 하자 앞을 가로막았던 마리와 카드레체, 이안이 서둘러 옆으로 비켜섰다.

보넌은 기병들을 피해 옆으로 물러난 이안을 깊은 시선으로 응시하다 말을 출발시켰다.

수천의 기병들이 땅을 진동시키며 이안의 눈앞을 끝없이 지나쳐 갔다.

'4천, 아니 5천은 되어 보이는군.'

셀 수 없이 많은 거대한 기병들의 물결은 보넌이 사라진 뒤에도 한동안 계속 이어졌다.

사슴 사냥은 친목을 넘어 보넌의 강력한 지배력을 영주들에게 과시하는 장이었다.

"아버지가 내게 어떻게 이럴 수가 있지! 어떻게!"

보넌이 이안의 편을 든 것에 충격을 받은 마리는 말 등 위에서 몸을 부들부들 떨고 있었다.

카드레체 역시 깊은 실망감을 숨기지 못하고 표정이 잔뜩 굳어 있었다.

대영주가 이안의 손을 들어 준 이상 카드레체는 이안의 영지를 공격할 수 없다.

장인의 말을 공개적으로 거역하는 꼴이 되기 때문이다.

보넌의 유산을 이어받기를 원하는 이상, 그것은 절대 피해야 할 일이었다.

'빌어먹을. 장인에게 나만 나쁜 놈으로 찍혔군. 강 통행세 문제도 그렇고.'

그는 마리를 원망했다. 강에서 돈을 걷지만 않았어도 이안처럼 앞뒤 가리지 않아 보이는 미친놈과 얽힐 일도 없었을 것이다.

그냥 미친 게 아니라 실력이 추측할 수 없을 만큼 강해 보여서 쉽게 상대할 수도 없었다.

한마디로 남는 게 없는 싸움만 그를 기다리는 것이다.

그의 충직한 호위대장 알레독의 죽음이 아쉽기는 하지만, 상황이 이렇게 된 이상 어쩔 수가 없었다.

카드레체는 말을 몰아 이안에게 다가갔다.

"내가 넓은 아량으로 이안 영주를 용서하겠소."

이안은 어이가 없었지만 말에서 내려 양팔을 활짝 펴 보였다.

"아까도 말했지만 나는 평화를 원하는 사람입니다."

속으로 욕을 삼킨 카드레체는 말에서 내려와 이안과 화해의 포옹을 했고, 그 모습을 멀리 떨어진 뒤에서 지켜본 우디차 가문의 병사들과 이안의 병사들은 모두 깜짝 놀랐다.

방금 전까지 거친 말이 오간 게 거짓말처럼 느껴지는 순간이었다.

재무관은 자신의 두 손을 맞잡고 안도하며 감격에 젖었다.

'됐어! 영주가 사과를 했나 보군.'

보넌과 영주들 사이에 어떤 말이 오갔는지 모르는 재무관은 당연히 이안이 마음을 바꿔 먼저 사과를 했다고 착각을 했다.

마리는 남편이 이안과 화해의 포옹을 하는 것을 보고는 입술을 깨물며 말 머리를 돌려 별장으로 먼저 가 버렸다.

"나중에 봅시다."

카드레체는 마리가 화가 나 먼저 가 버리자, 서둘러 부하들을 이끌고 그녀 뒤를 쫓아갔다.

그 뒷모습을 잠시 지켜보던 이안은 호수로 다가가 살얼음이 깨진 사이에서, 불에 탄 깃발을 만지며 검게 변했던 손을 씻고 세수도 했다.

차가운 물이 그의 정신을 더욱 맑게 해 줬다.

"영주님, 어찌 된 일입니까?"

재무관이 질문을 했다.

론도와 하르몬드, 그리고 이 자리에 모여 있는 알베른의 전 병사들이 모두 궁금해하고 있었다.

물기 묻은 손으로 머리를 정돈한 이안은 물가의 바위에 걸터앉았다.

한동안 멈췄던 눈이 다시 그의 머리와 어깨 위로 떨어지고 있었다.

“보넌 대영주가 강에서의 사건을 듣고 내 편을 적극적으로 들어 줬다.”

“보넌 대영주가 말입니까?”

사람들이 모두 놀라는 와중에 이안은 얼음 한 조각을 입안에 넣고 갈증을 해소했다.

“그것 때문이야, 카드레체가 나와 화해를 한 건.”

“축하드립니다, 영주님! 소신은 모든 일이 이렇게 잘 풀릴 줄 알았습니다. 보넌 대영주의 지지가 있었다고는 하지만, 소신이 보기엔 영주님의 강력한 힘과 의지에 저들이 굴복한 것입니다.”

진지한 표정으로 이안을 치켜세우는 재무관의 행동에 론도와 하르몬드는 어이가 없었다.

우디차 가문과 대립하는 걸 가장 반대하고 머리를 숙이자고 한 사람이 바로 그였기 때문이다.

이안은 재무관의 어깨를 잡으며 바위 위에서 일어섰다.

‘윽!’

이안이 어깨를 잡는 힘이 너무 강해 재무관은 하마터면 비명을 지를 뻔했다.

“모두들 수고했다. 너희들이 나를 믿고 따라 준 것이 오늘 아주 큰 힘이 되었다.”

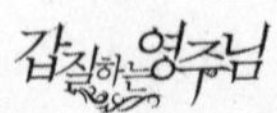

"아닙니다, 영주님!"

론도와 하르몬드, 수십여 명의 병사들이 일제히 한쪽 무릎을 꿇으며 고개를 숙여 보였다.

이안을 향한 존경과 충성심이 주변을 가득 메웠고, 재무관도 그 분위기를 이기지 못해 병사들처럼 한쪽 무릎을 꿇고 고개를 숙였다.

한동안 수하들을 둘러보던 이안은 부드럽게 말했다.

"막사로 돌아가서 술이나 마시자. 추운 겨울에 그보다 좋은 건 없지."

병사들과 함께 말에 오른 이안은 호수 너머 별장 방향을 무거운 눈빛으로 응시했다.

'보넌…… 만만치 않아 보여.'

둥! 둥! 둥!

별장을 에워싼 성벽에서 북소리가 울려 퍼졌다.

보넌이 곧 도착할 거라는 신호였다.

"아버지가 왔나 봐요."

침대에서 남편과 사랑을 나누던 로린은 발가벗은 몸으로 내려와 급하게 옷을 갖춰 입었다.

방금 전까지 뜨거운 사랑을 나눴던 그녀의 이마에 땀이 촉

촉이 맺혀 있었다.

"당신 아버지는 나쁜 사람이군, 중요한 순간에 방해를 하다니."

"입 닥치고 옷이나 입어요."

로린은 의자에 아무렇게나 벗어 둔 다브렘의 옷을 집어 들어 침대에 던졌다.

"난 당신 아버지가 마음에 안 들어."

"아버지도 당신을 마음에 들어 하지 않아요. 그러니 제발 어서 옷이나 입어요."

"이번 일만 도와주면 다시는 당신 아버지를 돕지 않겠어. 당신도 내게 강요하지 마."

옷을 다 입은 다브렘에게 로린이 다가왔다.

"알았으니까 그만 나가요. 불평은 그만하고."

다브렘은 차가운 사람이었지만 부인인 로린에게만은 세상 누구보다도 따뜻한 사람이었다.

로린은 남편과 함께 별장 건물 밖으로 나왔다.

사슴 사냥 현장을 총 책임지고 관리하는 서부 사령관 노셀이 긴장한 얼굴로 먼저 나와 있었다.

"언니가 안 보이네요. 어디 갔어요?"

"마리 님은 카드레체 영주와 별장 밖으로 나가셨습니다."

"무슨 일로요?"

로린은 아버지를 기다리며 노셀에게 물었다.

"그것까지는 저도 모르겠습니다."

"한밤중에 돼지 똥을 던지고 도망간 자를 잡으러 갔나?"

"……."

로린은 짓궂은 표정으로 노셀을 응시했다.

노셀은 당혹감을 감추지 못하고 별장 성문만 바라보고 있었다.

별장엔 카드레체의 병사들도 있었지만 대부분의 병사들은 모두 그의 부하였다.

그날 밤 경비를 제대로 서지 못해 그런 일을 당했다며 마리가 크게 화를 냈었다.

"범인은 찾았어요?"

"아직. 돼지 똥은 들판의 축사에서 가지고 온 것 같은데, 누가 그런지는 밝혀낼 수가 없었습니다. 공개적으로 조사를 하고 다닐 수 있는 문제도 아니고 말입니다."

보넌의 딸이 별장에서 돼지 배설물을 맞았다는 소문이 퍼지면 망신도 그런 망신이 없었다.

그래서 다들 쉬쉬하고 있었다.

"누군지 몰라도 참 유쾌한 자 같아요. 그런 짓을 벌이다니."

로린이 웃고 있을 때, 보넌이 검은 망토를 두른 친위대를 이끌고 성문을 통과해 들어왔다.

함께 온 녹색 망토를 두른 수천 명의 기병들은 좁은 별장 안으로 들어오지 않고 별장 뒤편에 마련된 숙영지로 곧장 향했다.

하지만 천여 명의 친위대만으로도 별장 내부는 꽉 찬 느낌이 들었다.

별장 본건물 앞에 도착한 보넌이 말에서 내리자 마중 나와 있던 서부 사령관 노셀이 제일 먼저 달려와 허리를 숙였다.

"대영주님!"

"오면서 보니 이 지역에 눈이 많이 내렸더군."

"그렇습니다, 영주님. 사슴 사냥 기간 내내 눈이 올 것 같습니다."

"특별한 사냥이 되겠군. 영주들은?"

"초대한 영주들은 한 명도 빠짐없이 모두 도착했습니다."

보넌은 조금 떨어져 있는 셋째 딸 로린과 사위인 다브렘에 시선을 두며 노셀에게 지시를 내렸다.

"만찬을 열겠다. 영주들을 별장으로 초대해라."

"알겠습니다, 대영주님."

사슴 사냥 전 보넌과 영주들은 별장에 모여 가볍게 술을 마시며 인사를 나눈다.

십수 년째 이어지는 정해진 일정과도 같았다.

노셀을 지나친 보넌은 별장 본건물 입구에서 그를 기다리고 있는 딸과 사위에게 걸어갔다.

"아버지, 제발 그 긴 머리 좀 어떻게 해 봐요. 출렁거리는 게 보기가 그다지 좋지 않아요."

2년 만에 만나는 딸이 머리를 가지고 잔소리를 해 댔지만 보넌은 어깨까지 내려오는 풍성하고 긴 머리카락을 자를 생각이 없었다.

젊은 시절부터 그는 이 머리 형태를 고수해 왔다.

"2년 만에 만나서 한다는 소리가 기껏 머리 얘기냐? 못된 것."

"저나 되니까 이런 소리를 하죠. 아버지 곁에 있는 사람들은 무서워서 입도 뻥긋 안 하잖아요."

활달하고 붙임성 있는 성격인 로린은 보넌을 대하는 데 있어 거리낌이 없었다.

그렇다고 그녀가 버릇이 없다는 건 아니었다. 아버지 성격을 잘 알기 때문에 늘 적당한 선에서 수위를 조절한다.

그것이 마리와 그녀의 차이다.

"아프신 데 없죠? 하긴 아버지가 아프면 안 아플 사람이 어디 있겠어요. 강철 같은 분이신데."

"나도 나이를 먹고 있다. 세월 앞에서 육신은 영원하지 않아. 잘 지냈느냐?"

"그럼요."

미소를 지으며 말하는 딸의 어깨를 가볍게 토닥인 보넌은 옆으로 시선을 돌려 다브렘을 쳐다봤다.

한마디도 하지 않고 바위처럼 무덤덤하게 서 있던 다브렘은 보넌이 계속 응시하자 마지못해 고개를 숙여 보이며 인사를 했다.

"안녕하셨습니까?"

"다브렘, 심기가 불편해 보이는구나."

"아닙니다, 장인어른."

다브렘은 카드레체와 달리 보넌을 대영주라 부르지 않았다.

잠시 다브렘의 얼굴을 바라보던 보넌이 별장 안으로 들어갔다.

넓은 홀에 발을 디딘 보넌은 길게 좌우를 살폈다.

그가 빌레퍼숲에서 사냥한 사슴들이 박제되어 별장의 주인을 맞이하고 있었다.

"이제 이것도 자주 보니 지겹군. 노셀."

"예, 대영주님."

"홀에 장식된 사슴 박제를 모두 불에 태워 없애라."

내년부터는 더 이상 이 별장에 오지 않을 생각이었다. 사슴 사냥도 올해가 마지막이다.

'내년엔 기필코 아더 왕이 사용하던 왕의 별장에서 사냥을 즐기고 말겠다.'

차가운 눈빛으로 다짐을 한 그는 서재로 향하며 장갑과 망토를 벗어 시종에게 건넸다.

"로린, 이곳엔 언제 도착했느냐?"

"며칠 됐어요. 아버지 편지 받고 서둘러 온 거예요."

별장 복도를 걸으며 로린이 답했다.

다브렘은 로린 옆에서 아무 말이 없었다.

"아버지, 마리 언니도 별장에 계속 있었는데, 어디 나갔나 봐요."

"오다 만났다."

"그래요? 그런데 왜 같이 안 오셨어요?"

"알아서 오겠지."

서재에 도착한 보넌은 시종과 호위들을 다 내보내고 로린과 다브렘만 남게 했다.

"오랜만에 이렇게 얼굴을 보니 좋구나."

그는 손수 술을 따라 딸과 사위에게 직접 건넸다.

술잔을 든 그들은 나무가 타고 있는 벽난로 앞에 둘러서서 술잔을 기울였다.

말없이 붉게 타오르는 벽난로 속 나무 더미를 바라보며 술을 마시던 보넌이 나지막이 입을 열었다.

"내 꿈은 죽기 전 왕좌에 오르는 것이다. 내 일생은 오로지 그것을 위해 달려왔다 해도 과언이 아니지. 하지만 장애물이 많아."

심상치 않은 아버지의 말에 쾌활한 로린마저도 이 순간은 가벼운 말 한마디 하지 않고 숨죽이며 아버지의 말을 듣기만 했다.

"여러 장애물 중 나를 가장 신경 쓰이게 하는 것은 단 한 가지다."

"그게 무엇인데요?"

"운명의 신 알카스 신전에 봉인된 린암 핀델슨의 검이다."

"아버지, 린암 핀델슨은 왕국을 건설한 분이잖아요. 우리 선조시기도 하고요."

직계가 아닌 방계지만 보넌과 로린의 핏속에는 5백 년 전 이 왕국을 세운 위대한 왕의 피가 섞여 있었다.

"그분의 검이 알카스 신전에 봉인되어 있다고요?"

"그래."

로린은 처음 듣는 이야기였다.

"그런데 그 검이 아버지가 왕이 되는 데 왜 장애물이 된다는 거죠?"

"린암 왕은 자신이 세운 왕국이 영원불멸하기를 바랐다. 그래서 알카스 신전에 들어가 검으로 자신의 한쪽 팔을 잘라 제물로 바치고 팔을 자른 그 검에 알카스의 축복을 담아 그 신전에 봉인했다."

"지독하군요, 스스로 팔까지 자르다니."

로린이 놀라며 눈살을 찌푸렸다.

린암 왕은 말년에 병으로 한쪽 팔을 잘랐다고 알려져 있었다. 한데 그것이 아니었던 것이다.

"나는 그분의 심정이 이해가 된다. 제국의 남부 사령관이었던 그분은 눈앞에서 제국이 분열되고 멸망하는 것을 지켜봤을 테니까 말이다. 그러나 이제 그 검은 사라져야 해. 그 검이 존재하는 한 지금의 왕실은 흔들릴지언정 또 다른 왕을 계속해서 배출해 낼 테니까."

"전설처럼 내려오는 옛이야기 아니에요? 어떻게 검 한 자루가 세상일을 결정하겠어요."

로린이 믿지 못하겠다는 듯 말했다.

"지난 5백 년간 왕위 계승 문제로 전쟁이 여러 번 났지만 단 한 번도 왕실 왕자들이 아닌 다른 누군가가 왕이 된 적이 없었다."

"그거야 왕실 왕자들끼리 다투었으니까 그렇죠."

"역사에 기록되지 않았을 뿐이지, 왕좌를 노리는 왕실 외부의 사람들이 왜 없었겠느냐?"

"우연일 수도 있잖아요. 아버지답지 않아요, 그런 미신 같은 이야기에 영향을 받는다는 게."

보넌은 술을 한 모금 하며 차가운 미소를 지었다.

"설사 미신이라 해도 나는 그걸 두고 볼 생각이 없다. 불안한 요소는 제거해야겠다."

"그러다 왕국 자체가 붕괴되면 어쩌실 겁니까?"

그동안 말이 없던 다브렘이 술잔을 비우고 물었다.

"신전에 봉인된 린암 왕의 검이 왕국을 보호하고 있다고 하셨잖습니까?"

"어차피 벨로린 왕국은 두 쪽으로 나뉠 것이다."

"아버지, 그게 무슨 뜻이에요?"

잠시 침묵하던 보넌이 벽난로를 보며 낮은 목소리로 말했다.

"에뉴딘과 손을 잡았다. 이 왕국을 반으로 나누어 갖기로."

"예에?"

로린의 눈이 커졌다. 에뉴딘은 바다 함대를 거느린 대영주로, 아버지와는 사이가 별로 좋지 않았다.

"이 일은 소수의 사람만 알고 있다. 마리와 카드레체도 모르는 일이니까 너는 함부로 떠들고 다니면 안 된다."

"알겠어요, 아버지. 정말 놀랐어요, 아버지가 에뉴딘과 동맹을 맺었다니요. 하지만 그 사람을 어떻게 믿고서?"

"네 동생이 있지 않느냐."

보넌은 딸만 네 명이었다.

결혼을 하지 않은 막내딸을 에뉴딘의 아들과 결혼시킬 생각이었고, 그것은 이미 에뉴딘과 이야기가 끝난 상태였다.

극비리에 진행된 양가의 정략결혼은 두 가문을 보다 신뢰하게 만들어 주는 끈끈한 줄이 될 것이다.

"에뉴딘과 내가 손을 잡은 이상, 왕좌에 우리는 한층 더 가까워진 셈이다."

"결국 반쪽짜리 왕좌를 차지하기 위해 이렇게 고생하시는군요."

보넌은 버릇없이 말하는 다브렘을 말없이 응시하다가 품 안에서 지도를 꺼내 건넸다.

"린암 왕의 검이 봉인된 신전을 찾아가 검을 없애라. 내가 널 부른 이유는 이것 때문이다."

"왜 저입니까? 실력 있는 수하들이 꽤나 될 텐데요."

다브렘은 신전의 위치가 기록된 지도를 받으며 물었다.

"가 보면 알 것이다, 왜 내가 널 보내야 했는지."

"아버지, 안 돼요."

어떤 불길함을 느낀 로린이 아버지에게 목소리를 높였다.

"편지에는 이런 내용이 없었잖아요. 그냥 아버지 일을 하나만 도와 달라는 거였죠."

"그게 이 일이다."

"다른 일을 시키세요."

"로린, 그만해."

다브렘은 지도를 눈높이로 들어 가볍게 흔들었다.

"장인어른, 로린과의 결혼을 허락받으며 장인어른에게 한 약속은 이제 이걸로 끝나는 겁니다. 더는 제게 도움을 바라지 마십시오."

보넌은 손안의 술잔을 느리게 빙빙 돌리며 고개를 끄덕였다.

"그럼 바로 떠나겠습니다."

지도를 살펴본 다브렘은 술잔을 내려놓았다.

"며칠 있다 떠나는 건 어떤가?"

"아닙니다, 지금 가겠습니다. 사냥은 취미가 아니라서요. 로린, 당신은 장인어른과 함께 있어. 신전이 멀리 있어서 꽤 오래 걸릴 것 같아."

"무슨 소리예요. 영원히 함께하기로 했잖아요."

로린은 술잔을 비우고 아버지를 노려봤다.

"일을 마치고 돌아오겠어요. 그땐 제발 그 긴 머리 좀 어떻게 해 보세요."

"난 이 머리가 좋다."

잠시 아버지의 옆모습을 화난 표정으로 바라보던 로린은 남편을 따라 서재를 나갔고, 혼자가 된 보넌은 무표정한 얼굴로 빈 술잔에 술을 가득 채웠다.

위험한 곳으로 따라가는 딸을 붙잡을까도 싶었지만, 그는 그렇게 하지 않았다.

다브렘의 능력을 믿기도 했지만, 그보다는 로린의 성정상 자신의 말을 듣지 않을 게 뻔했기 때문이다.

"음."

벽난로 앞 의자에 앉은 그는 지그시 눈을 감았다.

오면서 만났던 알베른의 영주 이안의 얼굴이 떠올랐다.

'잘랭이 내게 오지 않은 이유가 다 있었군. 보통 녀석이 아니었어. 그 나이에 그 정도 실력과 배포라니.'

등받이에 기대 벽난로의 불을 쬐고 있던 그는 문이 열리는 소리에 뒤를 돌아봤다.

마리와 카드레체가 들어오고 있었다.

“아버지, 너무하세요. 사람들 있는 자리에서 제 남편이 아닌 그 어린 녀석의 편을 드시다니요!”

“마리, 그만해. 이미 지난 일이야.”

카드레체는 장인의 눈치를 살피며 마리를 만류했다.

“이거 놔요. 아버지, 말씀 좀 해 보세요. 우디차 가문의 영주는 1만 명의 병사를 거느리고 있어요. 아버지의 대업을 도와줄 사람으로 이 사람만큼 좋은 사람이 어디 있어요? 그런데 이안의 편이라니요!”

챙그랑!

보넌이 들고 있던 유리 술잔을 벽난로에 내던졌다. 서재의 공기가 급속도로 차가워졌다.

“1만 명의 병사보다 내게는 남부 영주들의 단합된 지지가 더 중요하다. 사사롭게 네 남편의 편을 들었다면 영주들이 나를 어떻게 생각하겠느냐!”

보넌은 의자를 박차고 일어나 마리와 카드레체를 잠시 노려보다가 그대로 서재를 나가 버렸다.

당황한 카드레체는 보넌의 뒷모습을 보다 마리에게 버럭 화를 냈다.

“왜 자꾸 일을 키우는 거야! 당신이 이럴수록 내 입장만

난처해지잖아!"

"이게 다 그놈 때문이에요!"

표독스러운 표정을 지은 마리는 이안을 떠올리며 입술을 잔뜩 깨물었다.

우디차 가문과의 일이 잘 해결된 것을 기념해 짐마차에 실어 온 술을 잔뜩 푼 이안은 병사들과 술을 마시다 별장 만찬에 오라는 대영주의 통보를 받았다.

"더 마셨다가는 그곳에서 토를 할지 모르니 참아야겠군."

이안의 농담에 숙영지 한가운데에 모닥불을 피워 놓고 둘러앉아 술을 마시던 병사들이 저마다 크게 웃었다.

그들은 눈을 맞으며 커다란 모닥불 곁에서 술을 즐기고 있었다.

'버릇없는 것들.'

재무관은 귀족과 평민 사이의 경계를 자꾸 허무는 것 같은 이안의 행동이 마음에 들지 않았다.

'그나저나 우디차 가문에 굴복하지 않고 싸워 이긴 소식이 알베른에 퍼지면 영주의 인기는 더 올라가겠군.'

단신으로 배를 세 척이나 침몰시키고 무르 영주와 겨뤄 이긴 데다 카드레체의 호위대장을 단숨에 없애 버린 일 등 그

동안 이안을 약하게만 생각했던 영지민들을 충격으로 몰 이야기들이 가득했다.

'점점 나와의 격차가 벌어지는군.'

내심 영지의 권력을 다시 손에 쥘 수 있지 않을까 기대의 끈을 놓지 않았던 재무관은 길게 한숨을 내쉬었다.

"왜 한숨을 내쉬나?"

술을 더 이상 마시지 않고 막사로 가려던 이안이 재무관의 옆으로 다가왔다.

재무관의 털모자와 어깨에 눈이 약간 쌓여 있었다.

"지난날을 후회하고 있었습니다. 이렇게 훌륭하신 영주님인 줄도 모르고 제가 몇 년간 영주님에게 잘못된 행동을 하지 않았습니까?"

재무관은 이안의 눈치를 보며 한숨의 의미를 그럴듯하게 포장했다.

"알긴 아는군."

"……."

"그럼 더 똑바로 해."

"노력하고 있습니다, 영주님."

재무관은 조금은 퉁명스럽게 대꾸했다.

뭘 더 이상 어쩌란 말인지 모르겠다. 그는 어쨌든 영주를 위해 최선을 다한다고 생각하고 있었다.

"아까 말이야, 대영주가 내게 이상한 말을 했어."

"무슨 말 말입니까? 혹시 빚과 관련된 겁니까?"

이안은 재무관의 어깨에 쌓인 눈을 가볍게 털어 주었다.

또 때리는 줄 알고 움찔했던 재무관은 긴장을 풀고 이안을 쳐다봤다.

"그건 아니고. 예전에 내가 그를 처음 봤을 때 보자마자 울면서 아버지 품에 안겼다더군."

"그러셨을 겁니다. 그 당시 영주님은 지금과 많이 다르셨으니까요."

"그래서 그 당시 과거 일을 기억 못 한다고 했더니, 미묘한 표정으로 '그럼 내가 했던 말도 기억 못 하겠군.' 이러더란 말이지. 내가 궁금해서 물어봐도 대답해 주지도 않고 스스로 기억해 내라면서. 혹시 재무관은 대영주가 내게 했던 말이 기억이 나나? 당시 함께 있었을 것 아니야."

재무관은 뭔가를 곰곰이 생각하더니 고개를 저었다.

"송구하오나, 당시 대영주와 영주님이 만났을 땐 소신이 그 자리에 없었습니다."

"재무관이 없었다고?"

"예, 소신의 기억으론 전대 영주님이 영주님을 데리고 가서 대영주에게 정식으로 인사를 시킨 건 단 한 번뿐이었습니다. 그 자리에는 제가 없었습니다. 저는 그냥 숙영지에 남아 있었습니다."

"그럼 누가 함께했는데?"

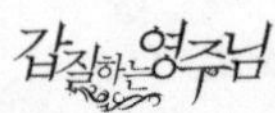

"샤르엘과 전임 경비대장 마이넌 그 두 사람입니다."

"아, 그들이었군."

이안은 이해가 됐다는 듯 고개를 끄덕였다.

지금은 두 사람 다 각기 다른 선택을 해 가문을 떠났지만, 그때만 해도 알베른 가문의 사람이었다.

"대영주가 한 말이 궁금하시다면 그 두 사람에게 확인하시는 길밖에 없을 것 같습니다."

"흠, 샤르엘과 마이넌이라……."

"마이넌은 몇 년 전에 갑자기 종적을 감춰 버려 찾기가 어려울 겁니다. 남은 사람은 샤르엘뿐인데…… 영주님이 만나시기 껄끄럽지 않겠습니까?"

이안의 눈치를 살피며 재무관이 말했다.

샤르엘은 알베른 가문을 떠나 보넌에게로 갔다.

그리고 그의 사위가 됐다.

편지 한 장 남기고 바람처럼 떠나 버린 그에게 알베른 가문은 서운할 수 있었다.

"뭐가 껄끄러워. 난 그런 거 없어. 만나면 만나는 거지."

오늘 기병 행렬에는 샤르엘이 보이지 않았다. 늦게 오든가 아니면 아예 오지 않을 것 같았다.

"그런데 영주님, 대영주는 별 뜻 없이 한 말이 아니었을까요?"

"아니, 뭔가가 있어. 내 직감이 그래."

이안은 대영주가 아무런 의미 없이 그런 말을 했을 것 같지는 않았다. 알 수 없는 그 미묘한 표정도 그랬고.

'나중에 마이넌에게 물어봐야겠군.'

샤르엘은 보넌의 사람이 됐다. 대영주가 말해 주지 않은 과거 일을 그가 나서서 말을 해 줄지 의문이었다.

그러느니 마이넌을 찾아가는 게 속이 편했다.

비록 멀리 드노웨아에 살지만 이안이 마음만 먹으면 이제는 하루면 갈 수 있다.

"오늘 팔굽혀펴기 몇 개 했지?"

"예? 무슨 팔굽혀펴기 말입니까?"

재무관은 불길한 예감에 하마터면 술잔을 바닥에 떨어트릴 뻔했다.

"내가 건강한 몸으로 만들어 준다고 했잖아."

"소신은 무리한 운동보다는 지금이 좋습니다."

"하르몬드!"

이안이 부르자 하르몬드가 뛰어왔다.

"예, 영주님."

"재무관이 팔굽혀펴기 3백 개를 하겠다고 하는군. 병사를 붙여서 잘하도록 도와줘."

"알겠습니다, 영주님."

하르몬드는 재무관에게 다가갔다.

"가시죠."

"영주님, 전 정말 괜찮습니다."

울상을 지은 재무관에게 이안이 담담히 말했다.

"체력이 튼튼해야 영지를 위해 더 열심히 일을 하지 않겠어? 나는 좀 있다 론도와 별장을 다녀올 테니까, 재무관은 아무 걱정 말고 운동에 집중해. 알겠지?"

이안이 막사로 향하자 재무관이 다급히 외쳤다.

"영주님! 영주님!"

그의 부름에도 이안은 무정하게 막사 안으로 들어가 버렸다.

"저희들이 도와드리겠습니다, 재무관님."

어깨가 딱 벌어진 단단한 인상의 병사 두 명이 흰 이를 드러내며 다가오자, 재무관은 저도 모르게 뒤로 한 발 물러났다.

하지만 그의 등 뒤에도 어느새 병사 한 명이 다가와 서 있었다.

"내 몸에 손대지 마! 내 발로 걸어가서 운동을 할 테니까!"

"영주님의 명령입니다. 뭣들 하느냐, 어서 모시고 가서 운동을 도와드려!"

"예!"

하르몬드의 지시를 받은 병사들이 저항하는 재무관의 양쪽 팔을 붙잡고 번쩍 들어 그들의 막사로 향했다.

"놔라, 이놈들! 난 재무관이다! 내게 이럴 수는 없다!"

발버둥 치던 재무관은 결국 병사들이 지켜보는 가운데 강제로 팔굽혀펴기를 할 수밖에 없었다.

팔을 부들거리며 팔굽혀펴기를 하던 재무관은 갑자기 눈물이 앞을 가렸다.

'대체 이 무슨 꼴이란 말인가. 재무관인 내가 어쩌다!'

앞으로 매일 이럴 거라는 예감이 들어 그는 벌써부터 미칠 것만 같았다.

"아직 174개가 남았습니다, 재무관님."

눈이 내리는 밤.

이안은 론도를 데리고 별장에 도착했다.

성문을 지나 별장 본건물에 다가가자 보넌의 친위대들이 겹겹이 건물 주변을 에워싼 모습이 눈에 들어왔다.

친위대들의 눈빛이 살벌한 게 찔러도 피 한 방울 나올 것 같지 않은 차가움이 묻어났다.

'저런 놈들이 제일 골치 아프지. 자신의 생명도 중요시하지 않는 것뿐만 아니라 남의 생명도 그렇게 여기니까.'

이안은 검은 망토를 착용한 보넌의 친위대들을 눈여겨보다가 말에서 내렸다.

보넌의 병사들이 다가와 이안과 론도가 타고 온 말을 데리고 마구간으로 향했다.

"이쪽으로 오십시오, 영주님. 만찬이 열리기 전 기다리실 곳으로 안내해 드리겠습니다."

만찬실은 음식이 다 준비되고 모든 영주들이 다 도착했을 때 문이 열린다. 그 전까지 영주들은 별장 응접실에서 기다려야 한다.

보넌의 사슴 사냥에 참석해 온 영주들은 익숙하겠지만, 처음 온 이안은 이 모든 게 낯설었다.

'홀에 있던 사슴 박제가 다 사라졌군. 어디로 치운 거지?'

병사의 안내를 받아 별장 홀을 지나치던 이안은 허전해진 좌우 벽을 살폈다.

그제 밤에 몰래 들어왔을 땐 홀 좌우에 사슴 박제가 가득했었다.

다소 징그러웠는데 그것들이 모두 한 번에 다 사라졌다.

홀을 둘러보던 이안의 시선이 옆에서 걷는 론도에게로 향했다.

론도의 눈시울이 붉어져 있었다.

깜짝 놀란 이안이 작은 목소리로 물었다.

"론도, 왜 우는 거야?"

"영주님, 제가 대영주의 별장에 영주님을 모시고 오리라고는 전혀 상상도 못 했습니다. 꼭 꿈만 같습니다."

영지가 망하지 않을까 걱정하며 몇 년을 보냈던 론도는 가슴이 벅찼는지 말을 제대로 잇지 못했다.

"영주님을 모시고 있다는 게 정말 뿌듯하고 자랑스럽습니다."

우직하고 강한 면만을 보여 줬던 론도는 눈물을 참기 위해 애를 쓰고 있었다.

그러나 마음속의 감동을 잠재우는 것은 역부족이었다. 눈물 한 방울이 기어이 흘러내렸다.

론도는 재빨리 손등으로 눈물을 훔쳤다.

"죄송합니다, 영주님. 제가 원래 눈물이 없는 편인데 지금은 마음이 그래서……."

론도가 어떤 마음인지 짐작이 된 이안은 말없이 그의 등을 가볍게 토닥여 줬다.

"괜찮아. 여기까지 오기가 쉽지 않았잖아."

"자고 일어나서 가끔 천장을 보며 제 다리를 꼬집습니다. 어제 본 영주님이 오늘도 그대로일까. 혹시 잃었던 기억을 되찾으면 예전의 모습으로 변하시는 건 아닐까. 제 마음은…… 그렇습니다."

이안은 희미한 미소를 지었다.

"그랬었나? 걱정 마. 기억을 되찾아도 과거의 모습으로 돌아갈 일은 절대 없을 테니까."

작은 목소리로 대화를 나누던 이안과 론도는 별장 홀을 지나쳐 왼쪽 복도를 한동안 걸었다.

"호위는 이쪽에서 대기하셔야 합니다."

안내를 하는 병사는 복도를 걷다 문이 열려 있는 넓은 방을 가리켰다.

그 안엔 먼저 도착한 영주들의 호위들이 보였다.

론도가 쳐다보자 이안은 고개를 끄덕여 안내하는 병사의 말을 듣도록 했다.

"그럼 저는 여기서 기다리겠습니다, 영주님."

영주에게 눈물을 보인 게 창피했는지 론도는 이안의 눈을 제대로 쳐다보지 못하고 서둘러 호위들이 대기하는 방으로 들어갔다.

'덩치는 산만 해도 의외로 속은 여린 구석이 있어.'

론도의 뒷모습을 잠시 바라보던 이안은 다시 걸음을 옮겼다.

모퉁이를 돌자 화려한 장식이 가미된 양쪽으로 여는 문이 나타났다.

문 양쪽으로는 창을 든 병사들이 서 있었다.

"이곳입니다, 영주님. 이 방에서 기다리시면 됩니다."

"수고했다."

이안이 안내를 해 준 병사를 지나쳐 문으로 다가오자, 양쪽에 서 있던 창을 든 병사들이 절도 있는 동작으로 문에 매달려 있는 둥근 손잡이를 하나씩 잡고 바깥쪽으로 힘껏 당겼다.

양쪽으로 문이 활짝 열리며 방 안의 전경이 이안의 눈에 들어왔다.

빌레퍼 사슴

화려한 샹들리에와 푹신해 보이는 푸른 카펫, 우아한 벽장식, 커다란 벽난로에서 소리를 내며 타오르는 장작들.

차가운 별장 복도의 분위기와는 달리 이안이 마주한 응접실 내부는 아늑한 분위기였다.

먼저 도착한 10여 명의 영주들이 응접실 곳곳에 퍼져 가까운 사람들과 얘기를 나누고 있었다.

저마다 이야기에 집중해 있는지 이안이 들어왔어도 관심을 두지 않았다.

'이들이 왕국 남동부의 실세들.'

움직이기 싫어하는 지방의 최고 권력자들인 영주들을 이렇게 한자리에서 모두 보는 것은 매우 드문 일이다.

대영주 보넌이기에 가능한 일.

'그들은 아직 안 왔군.'

무르와 로링겐이 안 보였다.

"안녕하십니까?"

응접실에 들어선 이안은 눈이 마주친 영주들에게 먼저 다가가 부드럽게 인사를 건넸다.

들판 숙영지에서 만난 영주들도 있었고, 처음 인사를 나누는 영주들도 있었다.

"알베른의 영주 이안이라고 합니다."

"오, 이야기는 들었습니다. 무르 영주와 한판 했다고요?"

몽페르도 가문의 무르 영주가 워낙 유명해서인지 이안도 덩달아 유명해진 느낌이었다.

낯선 얼굴의 영주들과 가볍게 인사를 나누며 응접실 안쪽으로 들어가던 이안은 벽난로 근처 의자에 다리를 꼬고 홀로 앉아 있는 로벨롱의 영주 베르코시와 시선이 마주쳤다.

그는 무뚝뚝하게 앉아 있다 이안이 다가오자 자리에서 일어나 다른 영주에게 가 버렸다.

'자식이 내가 부담이 되나? 왜 피하는 거야?'

이안은 베르코시가 앉았던 의자에 몸을 실었다.

'그래, 가라. 그래도 싸우지는 말자.'

베르코시에게 마음속으로 당부를 한 이안은 문득 졸음이 밀려왔다.

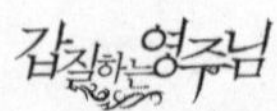

병사들과 어울려 술을 꽤 마신 그는 벽난로의 열기에 몸이 노곤해졌다.

'여기서 졸면 눈치 보이는데…….'

눈꺼풀이 천근만근 무거워질 무렵, 두 사람이 그를 향해 걸어왔다.

무르와 로링겐이었다.

"이안 영주, 졸고 있었소?"

"들켰군요. 자리가 아늑해서 말입니다."

웃으며 자리에서 일어난 이안은 두 사람과 마주 섰다.

"보내 주신 차는 아주 잘 마셨습니다. 덕분에 머리도 아프지 않고 속이 편해졌습니다."

"다행이구려. 무르 영주는 차 효과를 전혀 못 봤다고 했는데 말이오."

무르는 여전히 숙취에서 벗어나지 못한 얼굴로 불편한 기색이 가득했다.

"젠장, 왜 나만 술에 취해 쓰러졌지? 두 사람 다 술을 제대로 마시지 않은 거 아니오?"

무르의 투덜거림에 이안과 로링겐은 별말 없이 웃기만 했다.

"대영주가 왔으니 이안 영주는 마음을 단단히 먹고 준비하는 게 좋을 거요. 만찬 도중 반드시 문제 제기를 해 대영주가 공개 석상에서 판단을 내리도록 해야 하니까."

로링겐은 흰 수염을 훑어 내리며 냉철하게 말했다.

"말씀은 감사하지만 이제 그럴 필요가 없어졌습니다. 일이 잘 해결됐습니다."

"그게 무슨 말이오, 해결되다니?"

무르가 의아한 눈빛으로 물었다.

이안은 방 안을 한차례 둘러봤다. 카드레체는 보이지 않았다.

"보넌 대영주가 제 손을 들어 줬습니다."

"아니, 언제 말이오?"

놀란 그들에게 이안은 오후에 있었던 일들을 차분히 설명해 줬다.

호수 남쪽은 들판 숙영지와 멀리 떨어져 있어서 어떤 일들이 벌어졌는지 그들은 전혀 알지 못했다.

"그런 일이 있었군. 역시 보넌인가? 냉정하게 그 자리에서 결정을 내려 주다니."

로링겐은 고개를 끄덕였다.

"아무튼 축하하오. 명예를 지키며 우디차 가문과의 일을 잘 매듭지었으니 말이오."

"이게 다 두 분이 조언을 아끼지 않아서입니다. 감사드립니다."

이안이 겸손하게 감사 인사를 하자 로링겐과 무르는 흐뭇해했다.

얼마 후 보넌 측 사람이 들어와 영주들을 정중히 만찬실로 안내했다.

이동 중인 영주들의 수는 모두 13명.

자리에 없는 카드레체까지 포함하면 올해 사슴 사냥에는 총 14명의 영주들이 참석한 셈이다.

결코 무시할 수 없는 세력이었다.

보넌이 들어서자 만찬실에 착석해 있던 14명의 영주들이 일제히 자리에서 일어섰다.

그중에는 카드레체도 껴 있었다.

그는 뒤늦게 만찬실로 와 영주들 사이에 자리 잡았다.

황금색 촛대가 불을 밝히고 있는 긴 식탁으로 다가온 보넌은 상석에 바로 앉지 않았다.

그는 상석과 가까운 영주들부터 차례로 인사를 나눴다.

"올해도 참석해 줘서 고맙군."

그는 영주들과 일일이 포옹을 하며 사슴 사냥 초대에 응해 준 것에 대해 감사를 표시했다.

"아닙니다, 대영주. 즐거운 자리를 마다할 이유가 없지요."

영주들은 의례적인 화답을 했다.

한 명 한 명 인사를 나누던 보넌이 이안 앞에 섰다.

잠시 이안의 얼굴을 들여다보던 보넌은 다른 영주들처럼 이안의 어깨를 가볍게 끌어안고 와 준 것에 대한 감사를 표시했다.

하지만 다른 영주들과 달리 이안과 한 포옹을 바로 풀지 않고 귓속말을 했다.

"자넬 이렇게 보니 기분이 이상하군."

"왜 그렇습니까?"

"자네 아버지가 생각나서 말이야. 자네는 도박을 좋아하나?"

이안의 눈빛이 깊어졌다.

"별로 좋아하지 않습니다."

"그것참 아쉽군."

포옹을 푼 보넌은 반대편 식탁 쪽으로 넘어가 다른 영주들과 마저 인사를 나누고는 상석에 섰다.

아직 그가 의자에 앉지 않았기 때문에 영주들은 계속 서서 그를 쳐다봤다.

"자리에 앉기 전 나는 우리의 친구 로벨롱의 전대 영주가 겪었던 슬픔을 이 자리에서 함께 나누기를 바라오. 그는 갑자기 나타난 괴물에게 사랑스러운 딸과 용맹한 친동생을 한꺼번에 잃었고, 영지도 큰 피해를 당했소."

사람들의 시선이 아버지의 뒤를 이어 새 영주가 된 베르코시에게로 향했다.

베르코시는 무거운 얼굴로 풍성한 음식이 차려진 식탁을 내려다보고 있었다.

"우리 모두 로벨롱을 위로하는 술잔을 듭시다."

대영주가 술을 채운 술잔을 눈높이로 들자 다른 영주들도 술잔을 들었다.

꿀꺽.

대영주가 술잔을 비우자 영주들도 차례로 술잔을 비워 나갔다.

이게 끝일 줄 알았는데, 대영주는 다시 술잔에 술을 채웠다.

"여러분도 아시다시피 이 자리엔 암살을 당한 아버지의 뒤를 이어 영주가 된 이안 영주가 와 있소. 모두의 예상을 깨고 그는 건강하고 강한 사내가 되어 나를 놀라게 했소. 아주 감동적인 순간이오."

보넌은 말을 잠시 멈추고 식탁 맨 끝에 서 있는 이안을 물끄러미 바라보았다.

"이안 영주, 환영하오."

"감사합니다, 대영주."

이안은 대영주와 13명의 영주들이 자신을 향해 술잔을 들어 보이고 일제히 술을 비우는 광경에 가슴이 살짝 두근거렸다.

왠지 이제야 주변 영주들로부터 정식으로 영주임을 인정받는 것 같았기 때문이다.

자리에 앉은 사람들은 화기애애한 분위기 속에서 편하게 술과 음식을 즐겼다.

"평소보다 춥고 눈이 많이 내리는 날씨요. 하지만 사슴 사냥은 예정대로 진행돼야 한다고 생각하오. 동감들 하시오?"

"그렇습니다, 대영주."

대다수 영주들은 동감했고, 무르는 양고기 다리를 뜯어 먹으며 투덜거리기는 했지만 직접적으로 나서서 반대하지는 않았다.

"이번 사슴 사냥은 눈 때문에 더욱 특별한 사냥이 될 것 같소. 빌레퍼숲에 쌓인 눈이 말의 움직임까지 방해를 할 정도니 말이오."

"상관없습니다. 나는 날씨가 좋아도 그 재빠른 빌레퍼 사슴 한 마리를 잡아 본 적이 없으니 말입니다."

게일론의 영주 브테파고가 한숨을 쉬며 말하자, 주변의 영주들이 껄껄댔다.

브테파고는 사슴 사냥에 10년 넘게 참석했지만 지금까지 사슴을 한 마리도 잡지 못한 유일한 사람이었다.

"그걸 자랑이라고 말하나? 멍청한."

말없이 술만 마시던 베르코시가 한마디 했다.

주변이 찬물을 끼얹은 듯 갑자기 조용해졌다.

"베르코시 영주, 지금 뭐라고 그랬소?"

브테파고가 맞은편에 앉아 있는 베르코시를 노려봤다.

"사슴 사냥에 와서 사슴 한 마리 못 잡았으면 부끄러운 줄 알아야 하는 게 아닌가? 그걸 웃고 떠들다니, 참으로 민망하군."

"이자가!"

브테파고가 탁자를 내려치며 벌떡 일어섰다.

그는 활을 잘 못 쏠 뿐이지 도끼는 귀신처럼 잘 다루는 강자였다.

"몇 잔 술에 벌써 취한 것인가!"

성격이 불같은 브테파고가 눈을 부라렸다.

많은 영주들 앞에서 망신을 당한 것에 대한 분노가 머리끝까지 치솟은 상태였다.

두 사람 사이에 당장이라도 싸움이 벌어질 것 같았다.

"그만."

조용히 지켜보던 대영주가 묵직한 목소리로 두 사람 사이에 개입했다.

그리고 베르코시를 응시했다.

"베르코시 영주, 브테파고 영주가 웃자고 한 소리에 너무 민감하게 반응하고 있는 것 같군. 이건 내가 만든 사냥이오. 주의해 주시오."

잠시 침묵하던 베르코시는 고개를 끄덕였다.

"말실수를 한 것 같습니다. 죄송합니다, 대영주."

"브테파고 영주도 그만 자리에 앉으시오."

"흥!"

베르코시를 향해 콧방귀를 한차례 뀐 브테파고는 자리에 앉았다.

"즐거운 자리요. 이후로 다툼은 내가 용서하지 않겠소. 명심하시오."

사람들은 다시 술을 마시기 시작했고 차가웠던 분위기는 다시 화기애애하게 변해 갔다.

이안은 술잔을 입가에 가져가며 반대편에 앉아 있는 베르코시를 힐끔 쳐다봤다.

'게일론의 영주에게 악감정이라도 있나? 왜 갑자기 삐딱하게 변한 거지?'

베르코시가 식인 괴물을 만든 배후로 게일론의 영주를 의심하고 있다는 것을 짐작조차 할 수 없었던 이안은 어리둥절할 뿐이었다.

"대영주님, 올해도 상금이 있습니까?"

한 영주의 물음에 보넌이 술을 따르며 웃었다.

"당연히. 사슴을 제일 많이 잡은 영주에게 우승 상금으로 3만 금화를 주겠소."

"우승 상금을 걸면 뭐 하겠습니까? 매년 대영주께서 우승해서 우리 영주들은 허탕만 치는데 말입니다."

무르가 볼멘소리를 했다.

"무르 영주, 그게 어찌 내 잘못인가? 좀 더 분발해 내가 건 상금을 받아 가게."

"대영주의 활 상대가 될 만한 사람은 솔직히 이 자리에는 로링겐 영주밖에 없습니다."

무르는 고개를 돌려 옆에 앉아 있는 로링겐을 가리켰다.

"로링겐 영주님, 힘내십시오. 이번엔 반드시 대영주를 넘어 우승을 해 보십시오."

"그게 내 마음대로 되는가? 하하하!"

탐스러운 흰 수염을 훑어 내린 그는 웃기만 했다.

보넌은 길게 기른 머리카락을 뒤로 쓸어 넘기며 쇳소리를 냈다.

"글쎄, 로링겐 영주도 만만치 않은 내 경쟁자이긴 하겠지. 하지만 올해는 더 큰 경쟁자가 있는 것 같군."

"아니, 그게 누구입니까?"

영주들의 시선이 보넌에게 집중됐다.

"바로 저 사람이지."

보넌이 가리킨 손가락을 따라 모두의 시선이 옮겨졌다.

묵묵히 술과 음식을 즐기던 이안은 뜬금없이 보넌이 자신을 가리키자 음식물에 목이 막힐 뻔했다.

컥컥대던 그는 급히 물을 찾아 마셨다.

"대영주, 저는 활 솜씨가 그리 뛰어나지 않습니다."

"겸손함이 묻어나는군. 그럼 동기부여가 되게 내가 제안을 하지. 사슴을 나보다 많이 잡으면, 알베른 가문이 내게 진 빚 중 반을 탕감해 주겠네."

이안의 눈빛이 바뀌었다.

'뭐 빚의 반을?'

빚의 반이면 20만 금화다.

달콤한 유혹이었다. 하지만 왜 갑자기 이런 내기를 제안하는지 모르겠다.

'단순한 재미를 위해서인가? 아니면 다른 의도가 있는 걸까?'

영주들과 내기를 자주 한다는 이야기는 들었다.

멀리 갈 필요 없이 이안의 아버지가 당했으니까.

"대영주보다 적게 잡을 땐, 그땐 어떻게 됩니까?"

"내가 잡은 사슴의 눈을 뽑아 모두 생으로 씹어 먹게."

엽기적인 벌칙에 영주들이 눈살을 찌푸렸다.

대영주는 하루에 평균 일곱 마리씩은 잡았다.

하루에 허용된 사냥 시간이 낮 몇 시간에 불과하기 때문에 일곱 마리도 엄청난 숫자였다.

'젠장, 눈알만 다 먹어도 배가 차겠군.'

비위가 상한 이안은 급히 술을 마셨다.

"하겠나?"

이안은 식탁에 둘러앉은 영주들의 표정을 살펴봤다.

대부분 웃고 있었고, 무르와 로링겐은 제안을 받아들이지 말라는 듯 손가락을 식탁 위로 들어 좌우로 흔들고 있었다.

의외인 건 베르코시도 고개를 미세하게 좌우로 흔들어 대영주의 제안을 받지 말라고 하는 것 같았다.

'감동이네.'

베르코시를 향해 씨익 웃어 보인 이안은 입가에 묻은 고기 기름을 천으로 닦아 내고 자리에서 일어났다.

"대영주, 제안을 받아들이겠습니다."

"사슴 사냥터에서 보넌과 내기를 해 이긴 사람은 단 한 사람도 없었소. 그것이 어떤 종류의 내기든 말이오."

로링겐은 들판 숙영지로 가는 길에 이안에게 말했다.

"이기도록 노력해 봐야죠. 빚을 반이나 줄여 준다는데 말입니다."

이안은 천천히 말을 몰며 대꾸했다.

별장 만찬이 끝나고 이안은 무르, 로링겐과 함께 숙영지로 돌아가는 길이었다.

"사슴 눈알을 배불리 먹고 나면 괜히 내기를 했다고 후회할걸."

무르가 옆에서 인상을 찡그리며 괴로워하는 표정을 지었

다.

"어쩌면 그럴지도 모르겠습니다, 하하하!"

이안은 낮게 소리 내어 웃었다.

보넌은 활 솜씨는 둘째 치고 빌레퍼숲에서 오랫동안 사냥을 해 와서 지리와 사슴이 잘 나타나는 위치 등 모든 부분에 있어서 파악이 잘되어 있을 것이다.

굉장히 유리한 입장이다.

그에 비해 이안은 사슴 사냥이 처음이다.

'역겨워도 먹는 벌칙이니까.'

내기에서 져도 금전적으로 빚이 늘어나는 상황이 아니었다.

다만 비위 상하는 경험을 해야 하지만, 그것은 충분히 감내할 만한 일이었다.

'이왕 이렇게 된 거 오늘 밤 빌레퍼숲에 몰래 다녀와야겠어.'

숲의 분위기라도 미리 파악해 놓으면 내일 사냥에 도움이 될 것이다.

그는 빚을 줄이기 위해서라도 반드시 이길 작정이었다.

마리는 보넌의 침실로 달려갔다.

"아버지! 고마워요!"

"뭐가 말이냐?"

보넌은 내일 사용할 활을 불빛에 비춰 보고 있었다.

활대는 물론 활시위까지 온통 검은색 일색인 이 활은 그의 영지에서 발견된 던전에서 나온 무기였다.

20여 년 전, 그가 직접 던전을 수색해 발견했다.

어떤 활보다 강해 그의 포스를 감당할 수 있는 병기다.

"알베른 영주와 내기를 하셨다면서요?"

"그게 왜 네게 고마운 일이냐?"

보넌은 활대를 부드러운 천으로 닦으며 물었다.

"저를 위해서 그러신 거 아니에요? 이안에게 망신을 주려고요."

마리는 남편에게 만찬실 이야기를 전해 듣고 뛸 듯이 기뻐했다.

아버지와 내기를 해서 이긴 사람이 없었으니 당연히 이안도 질 것이다.

이안은 그 커다랗고 징그러운 사슴의 눈알 수십 개를 사람들이 지켜보는 가운데 생으로 씹어 먹어야 한다.

생각할수록 기대가 되는 장면이다.

"이안의 손을 들어 주셨지만, 아버지도 속마음이 불편하셨던 거잖아요. 그렇죠?"

의자에 앉아 활을 손질하던 보넌은 탁자에 활을 내려놓고 딸을 물끄러미 응시했다.

"현명한 아이였던 네가 어쩌다 이렇게 변했지?"

"무슨 말씀이세요? 제가 뭘요?"

당황한 마리가 보넌의 맞은편 의자에 앉았다.

"상황 파악 능력이 이렇게 없어서 가문의 기둥 역할을 제대로 할 수 있겠느냐?"

"절 위해서 하신 게 아니었어요?"

"사냥은 나를 위한 거지 너를 위한 게 아니야."

차가운 아버지의 말투에 마리의 눈동자가 흔들렸다.

"이안과의 내기는 더 즐거운 사냥을 위한 나의 장치일 뿐이다. 낮의 일과는 전혀 상관없어."

"너무하세요. 조금은 제 생각을 해 주실 줄 알았어요."

"왜 그렇게 이안에게 집착하는 거냐? 그를 포용할 줄도 알아야지."

마리는 분한 표정으로 자리에서 벌떡 일어섰다. 그녀는 주먹을 움켜쥐며 소리치듯 말했다.

"그자가 내 얼굴에 돼지 똥을 부었다고요!"

보넌은 노셀에게 돼지 똥 사건을 이미 보고받아 딸이 하는 말의 뜻을 이해했다.

"이안을 의심하는 거냐?"

"당연하죠! 무르 아니면 그 녀석뿐인데, 그럼 누구겠어요?"

“이안이 마음이 넓은 자였군. 너와 카드레체를 죽이지 않고 돼지 똥만으로 끝을 내다니.”

보넌은 손을 뻗어 활을 다시 손질하며 무심히 말했다.

“아버지.”

“네 동생은 나를 위해 남편과 함께 목숨을 걸고 위험한 일에 뛰어들었다. 한데 넌 작은 일에 매달려 애처럼 투정이나 부리고 있다니.”

활 손질을 마친 보넌이 의자에서 일어나 창가로 걸어갔다.

창문을 연 그는 특수 제작된 은빛 화살을 활시위에 걸었다.

“이안을 건들지 마. 그는 너나 카드레체의 상대가 아니야.”

피이이잉!

밤공기를 가르며 화살이 별장을 넘어 호수까지 날아갔다.

포물선을 그리며 날아간 화살은 온통 붉은 빛에 휩싸여 있어서 모르는 사람의 눈에는 밤하늘에서 갑자기 떨어지는 유성이라 착각을 불러일으킬 만했다.

퍼엉!

붉은 빛의 화살이 묵직한 소리를 내며 호수 한가운데 떨어진 순간, 엄청난 물기둥이 허공으로 솟구쳤다.

해가 떴지만 하늘이 흐리다. 눈발이 오락가락하는 게 오후

부터 눈이 또 쏟아질 것 같았다.

휘이이잉.

찬 바람이 이안이 쓴 털모자를 벗겨 낼 듯 세차게 몰아쳐 왔다.

'아우, 추워라. 이 짓을 3일이나 해야 하다니.'

이안은 주위를 둘러봤다.

말을 탄 영주들이 두툼한 복장으로 사냥이 시작되기를 기다리고 있었다.

사슴 사냥은 총 3일간 매일 낮부터 시작해 해가 제법 기울 때까지 진행된다.

정확한 종료 시간은 나팔수들이 나팔을 불어 알려 준다.

넓은 빌레퍼숲에 보넌의 병사와 나팔수 들이 일정한 간격으로 배치돼 신호를 전달하기 때문에 아무리 숲 깊은 곳까지 들어가도 신호를 듣지 못하는 경우는 없었다.

'저기 나오는군.'

빌레퍼숲 입구에는 숲을 관리하는 병사들의 나무 막사가 있었는데, 그곳에서 보넌이 걸어 나왔다.

활을 쏘는 데 방해되지 않게 최대한 가벼운 복장을 한 보넌은 말에 올라타 영주들이 모여 있는 곳으로 왔다.

"사슴 사냥에 처음 참석한 영주들도 있으니, 이곳의 규칙을 다시 한번 말해 주겠소."

보넌은 영주들 앞으로 나와 숲을 보며 말을 이었다.

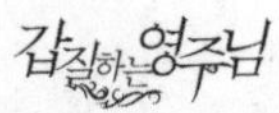

"먼저 수하들을 데리고 들어가는 것은 상관없으나 그 수가 많으면 다른 영주들이 사냥을 하는 데 피해를 줄 수도 있으니 가급적 열 명 내외로 하시오. 두 번째, 수하가 잡은 사슴을 자기가 잡은 것으로 하지 마시오."

보넌은 고개를 돌려 스트라니스 가문의 필라슈 영주를 쳐다봤다.

필라슈는 얼굴을 살짝 붉히며 헛기침을 해 댔다.

그는 3년 전, 활 솜씨가 뛰어난 궁사를 끌어들여 자신이 잡은 것처럼 위장하다 들켜 망신을 당한 적이 있었다.

"셋째, 사슴은 반드시 활을 이용해 잡으시오. 넷째, 철수 신호가 떨어지면 사냥을 멈추고 바로 복귀하시오. 이상이오. 지금부터 즐거운 사슴 사냥을 시작합시다."

보넌의 말이 끝나는 순간, 한쪽에 도열해 있던 10여 명의 나팔수들이 사슴 사냥을 알리는 나팔을 길게 여러 번 불었다.

뿌우우우. 뿌우우우.

영주들이 눈 쌓인 빌레퍼숲을 향해 수하들을 이끌고 경쟁적으로 들어갔다.

우승을 원하는 게 아니었다.

빈손으로 돌아오는 망신을 벗어나기 위해서라도 정해진 시간 동안 사슴을 잡기 위해 최대한 노력을 해야 한다.

더구나 올해는 눈이 많이 와 사슴을 잡는 데 더 애로점이 많으니, 그들로서는 평상시보다 서두른 감이 많았다.

"이안 영주, 행운을 빌겠소."

"영주님도 행운을 빕니다."

로링겐이 대여섯 명의 수하들을 이끌고 먼저 숲으로 사라지자 말 위에서 졸고 있던 무르가 다가왔다.

"난 안에 들어가서 대충 시간이나 때우다 나올 생각이오. 하지만 이안 영주는 빚을 갚아야 하니 고생 좀 하겠소."

"어쩔 수 없지요. 이렇게라도 해서 빚을 갚는 수밖에."

"오늘은 첫날이니 많이 잡지 못했다 해서 실망하지 마시오. 내일도 있고, 모레도 있으니."

무르는 열 명 정도 되는 수하들을 이끌고 느릿느릿 숲으로 들어갔다.

자리에 남은 사람은 이안과 보넌 대영주밖에 없었다.

대영주는 모든 영주들이 들어간 뒤에 맨 마지막으로 들어간다. 그것이 전통이었다.

이안은 시선이 마주친 대영주에게 가볍게 눈인사를 하고는 론도와 하르몬드, 다섯 명의 호위 병사들을 이끌고 백색으로 변한 숲속으로 들어갔다.

숲이 원체 넓어 앞서 들어간 영주들과 겹치는 동선이 없었다.

며칠간 내린 눈이 고스란히 쌓여 순백으로 반짝이는 눈밭은 말의 다리를 삼킬 듯 깊었고, 바람이 불 때마다 축 처진 나뭇가지에서 눈이 한 사발씩 쏟아졌다.

"영주님, 눈이 너무 쌓여 말이 달릴 수 없을 것 같습니다."

"무리할 필요 없어. 최대한 조심해서 숲 안으로 이동해."

눈에 가려진 땅바닥이 어떤 구조인지 알 수 없었다.

서두르면 자칫하다 말이 다칠 수 있었다.

이안을 따라온 론도와 하르몬드, 다섯 호위들은 눈밭을 헤치면서도 사방을 주의 깊게 응시했다.

사슴이 있나 해서다.

그들이 사슴을 잡을 수는 없어도 이안의 눈이 되어 줄 수는 있었다.

하지만 한참을 들어가도 사슴은커녕 다른 동물들을 구경하는 것도 쉽지 않았다.

"사슴이 눈 밑에 굴을 파고 돌아다니나 봅니다."

사슴의 그림자도 보지 못한 하르몬드가 약간 초조한 듯 말했다.

보넌과 내기를 한 사실을 그들도 알고 있었다. 영주가 사슴 눈알을 생으로 먹는 걸 지켜볼 수는 없었다.

조금이라도 도움이 되고자 했지만 야속하게도 사슴은 씨가 마른 듯 한 마리도 보이지 않았다.

게다가 눈까지 내려 시야를 방해하고 있다.

사슴을 잡는 건 둘째 치고 일단 발견하는 게 더 문제였다.

수하들의 걱정을 읽은 이안이 피식 웃었다.

"얼굴들 풀어. 내기에서 지면 눈 딱 감고 사슴 눈알을 먹으면 돼. 그리고 아직 결정도 안 된 일이고."

말을 하던 이안이 번개처럼 손안의 활을 들어 측면 수풀을 향해 활시위를 당겼다.

눈에 반쯤 파묻혀 있던 수풀 뒤에서 빼끔히 고개를 내밀고 쳐다보던 사슴 이마에 이안이 쏜 화살이 바람처럼 날아가 정확히 박혔다.

퍽!

피를 튀기며 쓰러진 사슴을 향해 론도가 말에서 뛰어내려 달려갔다.

"하하하! 영주님! 빌레퍼 사슴입니다!"

이마에 화살이 꽂힌 사슴의 머리엔 붉은 사슴뿔이 좌우로 길게 뻗어 있었다.

뿔 갈이를 하기 직전의 수사슴이라서 그런지 뿔이 크고 우람했다.

송아지만 한 커다란 사슴을 어깨에 짊어진 론도가 기뻐하며 눈밭을 헤치고 뛰어왔다.

거구의 론도는 무거운 사슴을 짊어지고도 그리 힘들어하지 않았다.

"시작이 좋군, 놓칠 줄 알았는데."

이안은 담담히 웃으며 론도가 짐말에 사슴을 싣는 것을 지켜봤다.

사슴을 한 마리 잡자 분위기가 밝아졌다.

일행은 물이 흐르는 작은 냇물을 지나치다 말의 푸드덕거리는 소리에 놀라 멀리서 도망치는 사슴 한 마리를 또 발견했다.

이안은 재빨리 활을 날리려 했지만 나무들이 그의 시야를 방해했다.

말을 몰아 쫓으려 해도 눈밭이 장애물이 되어 방해했다.

"여기서 기다리고 있어."

이안의 몸이 순간 론도와 하르몬드의 시야에서 사라졌다. 워프를 이용해 도망가는 사슴을 추적한 이안은 캥거루처럼 힘껏 점프해 바위를 넘어가는 사슴을 향해 활시위를 놓았다.

피이잉!

날카로운 소리를 내며 날아간 화살이 사슴의 옆구리를 뚫고 들어갔다.

퍽!

강한 화살을 맞고 바위 옆 눈밭에 처박힌 사슴은 미동도 하지 않았다. 화살을 맞은 즉시 숨이 끊어진 것이다.

"날렵하긴 하네."

눈이 없었다 해도 말을 타고 추적해 잡는 게 쉽지는 않았을 것 같았다.

이안은 처음 잡은 사슴과 비교해 덩치가 상대적으로 약간 작은 사슴을 등에 짊어졌다.

화살을 맞은 곳에서 피가 주르륵 계속 흘러내려 이안의 겉옷을 붉게 적셨다.

"어때, 내 활 솜씨도 괜찮지?"

이안은 수하들이 있는 곳을 찾아가며 블란조르에게 말을 걸었다.

-워프의 도움을 받기는 했지만…… 뭐 그럭저럭.

"무슨 소리야, 이 정도면 훌륭하지. 사슴의 움직임을 예측하고 쏜 화살이라고. 그게 쉬운 줄 아나?"

-어젯밤에 숲을 둘러봤지 않느냐? 왜 사슴들이 많은 곳을 발견했으면서 그곳으로 가지 않는 거냐?

이안은 약간 경사진 눈길을 내려가며 답했다.

"어미가 어린 새끼들을 데리고 있잖아. 불쌍해서 어떻게 잡아?"

-네 입에서 그런 소리가 나오다니. 빚을 갚아야 한다고 투덜거리던 녀석이.

"어린 새끼들은 이 숲에서 조금 더 뛰어놀게 놔두자고."

이안은 어미 사슴 몇 마리와 그 새끼들이 무리 지어 있는 곳을 어젯밤에 우연히 발견했다.

그의 능력이라면 그들이 도망치기 전에 반은 죽일 수 있고, 나머지 반도 추적해 모조리 잡을 수 있다.

하지만 그렇게까지는 하기 싫었다.

-그러다 보넌에게 질 수도 있다. 녀석은 제국 시절 데시

야타를 떠올리게 해.

"데시야타가 누군데?"

블란조르는 무거운 눈빛으로 답했다.

―황제를 섬기던 다섯 명의 제국 사령관 중 한 명이다. 그는 북부 사령관으로 반기를 들었다가 내 손에 죽은 자다.

"오호, 대단한데, 블란조르가 반란의 수괴를 죽였다고?"

―무려 3일간을 싸웠다. 야수검으로 제압하지 못해 결국 황제가 전수해 준 용의 검술로 그의 심장을 꿰뚫었지.

이안은 발걸음을 멈추고 블란조르를 쳐다봤다.

"그렇게 강한 자였어?"

―제국 북부 사령관 데시야타는 나처럼 하얀 나무를 수호하던 자의 후손이었다.

"그 사람도?"

블란조르는 씁쓸하게 웃었다.

―내가 일전에 세상을 지탱하는 네 그루 하얀 나무 중 한 그루를 고대 용이 차지했다고 했을 것이다. 데시야타는 고대 용이 뽑아 간 하얀 나무 바킬라를 지키는 자들의 후손이었다.

"그랬군."

―하얀 나무를 지키지 못한 그들은 세상으로 나와 은둔 생활을 했고, 그 수가 적어져 마지막에는 데시야타만이 남게 됐다. 그는 새로운 황제가 되기를 꿈꿨지. 황제의 사령관이

된 것도 일부러 접근해서 그 위치에 오른 것이다. 무려 20년을 황실에 충성하는 인내심을 발휘했다.

"대단하네."

이안은 얼굴도 본 적 없는 데시야타의 집념이 느껴지는 듯했다.

"그런데 그 인간이 보넌과 닮았다고?"

―얼굴이 닮은 게 아니라 미묘한 그 분위기가 닮았다. 신경이 쓰일 만큼. 그놈이 데시야타 실력의 반 정도라도 갖고 있다면, 매우 위험한 놈이 될 것이다. 그러니 너는 자만하지 말고 긴장하는 게 좋을 거다.

"진심으로 내게 경고하는 거야, 아니면 내가 검술에 더욱 매진하라고 과장하는 거야?"

이안의 물음에 블란조르는 멀리 시선을 뒀다.

―둘 다다. 보넌을 내가 직접 만나기 전까지는 가볍게 여겼는데, 실제로 보니 잊고 있었던 데시야타를 떠올리게 했어. 좋은 의미는 아니지.

"그렇군. 나도 느끼고 있었어."

이안은 눈밭을 헤치고 자신을 기다리고 있던 수하들에게 다가갔다.

"영주님!"

나무 뒤에서 이안이 나타나자 병사들이 말에서 내려 뛰어가 맞이했다.

"사슴을 잡으셨군요."

론도는 이안이 짊어진 사슴을 번쩍 들어 뒤에 서 있던 병사들에게 건넸다.

"왜 다들 여기서 눈을 맞고 서 있는 거야? 나무 밑에서 눈이라도 피하지."

"영주님이 여기서 기다리고 하셔서……."

론도와 하르몬드는 뒷머리를 긁적거렸다.

"이런 순진한 인간들."

이안은 혀를 차며 병사들과 함께 눈을 피해 근처에 있는 나무 밑으로 들어갔다.

잎과 나뭇가지로 무성한 커다란 나무는 눈이 쌓여 밑으로 축 처져 있었고, 그 모습이 꼭 우산과 비슷했다.

"술로 몸 좀 녹이자고."

"예, 영주님."

론도는 술병을 꺼내 이안에게 공손히 건넸다.

술을 몇 모금 마신 이안은 호위 병사들을 응시했다. 죽은 두 마리의 사슴을 살펴보며 기뻐하고 있었다.

"영주님, 송구하오나 혹시 마법을 배우셨습니까?"

망설이던 론도와 하르몬드는 조심스럽게 이안에게 질문을 했다.

디놀리아강에서도 그렇고 조금 전에도 그렇고 영주가 갑자기 사라지는 것을 목격했다.

그냥 사라진 것도 아니고 잠시 뒤에는 다른 장소에서 모습을 드러냈다.

마법적인 힘을 떠올릴 수밖에 없었다.

"글쎄. 그렇다고 해 두지 뭐."

빙그레 웃어 보인 이안은 론도에게 술병을 건네고는 앉아 있던 바위 위에서 몸을 일으켜 세웠다.

"지금부터는 나 혼자 움직인다. 사슴을 사냥해 올 테니까, 너희들은 여기서 나를 기다려."

론도와 하르몬드는 서로 얼굴을 마주 보았다.

영주의 뛰어난 활 솜씨와 신출귀몰하는 몸놀림을 곁에서 지켜봤기 때문에 어쩌면 영주가 그들을 신경 쓰지 않고 자유롭게 움직이는 게 최선의 방법일지도 모른다 생각했다.

말이 제 역할을 못 하는 이상 그들은 영주의 발목을 잡는 짐이 될 수도 있었다.

"알겠습니다, 영주님."

활과 수십 발의 화살이 든 길쭉한 화살통을 챙긴 이안은 눈이 내리는 눈밭으로 걸어 나갔다.

잠시 걷는가 싶더니 어느 순간 병사들의 눈앞에서 순식간에 사라져 버렸다.

"대단해. 어떻게 하신 걸까?"

론도의 물음에 하르몬드는 턱을 매만졌다.

"마법 물품을 가지고 계신 건 아닐까?"

—이계인들이 왜 지구를 공격했지?

"지배하기 위해서."

이안은 팽팽하게 당겨 놓은 활시위를 놓았다. 사슴을 쫓던 늑대가 화살을 맞고 수 미터나 굴러 눈밭에 쓰러졌다.

늑대의 몸에서 튄 붉은 피가 새하얀 눈밭에 점점이 뿌려졌다.

늑대는 아직 더 있었고 이안은 늑대에게 그가 쫓던 사슴을 넘겨줄 생각이 없었다.

날카로운 송곳니를 드러내며 도망치던 사슴의 목을 물려던 늑대의 턱을 이안이 발로 걷어찼다.

퍽 소리와 함께 저만치 날아간 늑대는 이안을 노려보다 동료 늑대 한 마리와 함께 이안을 향해 짓쳐 들었다.

크아아앙!

회색 늑대는 빌레퍼숲의 포식자였다.

—그들은 정복자였군.

"정복자는 개뿔. 그저 개새끼들이었어."

이안은 화살을 연사로 쏴 코앞에서 늑대들을 쓰러트렸다.

죽어 있는 세 마리의 늑대를 잠시 내려다보던 이안은 화살통에서 화살을 하나 꺼내 활시위에 걸고 목표로 한 사슴을 겨눴다.

사슴은 쓰러진 나무를 넘어 빠른 속도로 눈밭을 달리고 있었다.

이안이 막 활시위에 걸었던 화살을 날리려는 순간, 갑자기 사슴이 옆으로 튕겨져 허공으로 솟구쳤다.

이안의 눈썹이 꿈틀댔다.

수십 미터 떨어진 왼쪽 나무 사이에서 날아온 은빛 화살이 사슴의 머리를 날려 버린 것이다.

쿠웅!

강력한 화살의 힘에 밀려 허공으로 솟구쳤던 사슴이 나무에 부딪힌 후 눈 덮인 땅에 추락했다.

이안은 활시위를 풀고 고개를 돌려 왼쪽을 응시했다.

제법 떨어진 왼쪽 나무 뒤에서 말을 탄 자들이 천천히 등장했다.

훈련이 잘된 말들은 입에서 푸드덕거리는 소리 하나 내지 않았다.

"사슴 주인이 따로 있었군."

검은색 활을 든 보넌이 말을 몰아 다가왔다. 방금 전 화살은 그의 솜씨였다.

이안은 고개를 들어 말을 타고 있는 보넌을 올려다봤다.

"아닙니다, 대영주. 먼저 잡으셨으니 대영주의 사슴입니다."

"그럴 순 없지. 나보다 먼저 사슴을 노린 것 같은데 말이야."

보넌은 호위에게 손짓을 해 사슴을 이안의 앞에 내려놓게 했다.

"가지고 가시오, 이안 영주."

이안은 자신의 발밑에 죽어 있는 사슴을 묵묵히 내려다봤다.

보넌이 아니었으면 틀림없이 자신의 손에 잡혔을 사슴이다. 하지만 잡은 사람은 어찌 됐든 보넌이다.

아쉬워도 깔끔하게 정리하는 게 맞다.

"그럼 이 사슴은 둘 다 잡지 않은 것으로 하면 어떻겠습니까?"

"손해 아닌가?"

보넌은 이안의 뒤에 죽어 있는 늑대들을 눈으로 가리켰다.

"늑대를 죽이면서까지 저 사슴을 잡으려 한 것 같은데."

"괜찮습니다. 대영주와 내기를 하는데 확실하게 해 둬야죠."

"영주 생각이 그렇다면 나도 억지로 권유할 생각은 없네. 이 사슴은 누구의 것도 아닌 것으로 하지."

보넌은 이안의 옷에 잔뜩 묻어 있는 사슴 피를 눈여겨보며 말했다.

"수하들이 안 보이는군."

"저 뒤에 있습니다."

"그렇군. 어떤가, 사냥은 재밌나?"

"내기를 걸어서 그런지 조금은 긴장이 되는군요."

이안의 대답에 보넌은 보일락 말락 하는 미소를 지었다.

"눈이 안 왔으면 더 즐거웠을 텐데. 나중에 보세, 이안 영주."

보넌은 말 머리를 돌려 유유히 숲 안으로 들어갔다.

그가 잡은 사슴들이 수하들의 말 등 위에서 좌우로 흔들렸는데, 그 수가 다섯 마리 정도 되어 보였다.

많은 눈 때문에 사냥이 쉽지 않았을 텐데, 보넌은 크게 구애받지 않는 것 같았다.

'작심하고 사냥에 나서면 몇 마리나 잡을지 모르겠군.'

이안은 3일째 되는 날이 내기의 분수령이 될 것이라는 예감이 들었다.

해가 많이 기운 오후.

모래시계의 모래가 아래로 모두 떨어지자 노셀이 나무 막사를 나와 빌레퍼숲을 응시했다.

눈이 내리는 빌레퍼숲은 벌써 어두워진 느낌이었다.

"사냥이 끝났다. 신호를 보내라."

"예! 사령관님!"

부관이 깃발을 흔들자 숲 입구 쪽에 서 있던 열 명의 나팔수들이 숲을 바라보며 일제히 나팔을 불어 댔다.

푸우우우! 푸우우우!

잠시 후, 숲 안쪽에서도 호응하는 나팔 소리가 들려왔다.

숲에 일정한 간격으로 배치된 보넌의 병사들이 부는 나팔 소리였다.

나팔 소리는 삽시간에 숲 전체에 빠르게 전달되었다.

그리고 얼마 후, 영주들이 하나둘 사냥 결과물을 가지고 나무 막사 앞으로 모여들었다.

"역시 활은 나와 안 맞아."

게일론의 브테파고 영주는 한 마리도 잡지 못했고, 그에 비해 어제 만찬실에서 그와 신경전을 벌였던 로벨롱의 영주 베르코시는 사슴을 다섯 마리나 잡아 왔다.

저만하면 보넌과 매년 우승을 다투던 로링겐 영주와 비슷한 성적이었다.

"흥! 어쩐지 잘난 척하더라니."

빈손으로 돌아온 브테파고는 나무 막사 앞에서 말없이 모닥불을 쬐고 있는 베르코시를 노려봤다.

모닥불 앞의 베르코시는 브테파고의 시선을 느꼈는지 스윽 고개를 들어 마주 노려봤다.

'저자가 왜 날 싫어하는 거지?'

브테파고는 자신의 이웃 영지인 로벨롱과 그동안 큰 갈등 없이 지내 왔다.

한데, 새로 즉위한 베르코시는 그를 적대하는 것 같았다.

두 사람이 모닥불을 사이에 두고 노려보고 있을 때, 서너 명의 영주들이 한꺼번에 숲속에서 몰려나왔다.

그중에는 무르와 로링겐도 있었다.

"이 날씨에도 여섯 마리나 잡다니, 대단하십니다."

"두 마리를 놓쳤어. 말이 제대로 쫓았다면 여덟 마리는 잡았을 텐데."

나무 막사를 향해 말을 몰아가던 로링겐은 아쉬운 표정을 짓다가 고개를 돌려 무르가 잡은 사슴을 쳐다봤다.

"올해는 아예 두 손을 놓을 거라면서?"

"그러려고 했지요. 한데 놀고 있는데 눈앞에 딱 나타나니 외면할 수가 있습니까? 그래서 잡아 왔습니다, 하하하!"

"운도 좋군. 눈 때문에 빈손으로 나온 영주들도 있는데."

그들은 왼쪽을 쳐다봤다.

필라슈 영주가 인상을 쓰며 수하들에게 목소리를 높이고 있었다.

"내일도 내가 사슴을 못 잡으면, 이건 너희들 책임이다. 알겠느냐!"

"송구합니다, 영주님!"

"내가 잡을 수 있게 사슴을 적당히 몰아왔어야지."

화를 내던 필라슈는 무르와 로링겐이 자신을 쳐다보고 있자 헛기침을 하며 말을 빨리 몰아 사람들이 모여 있는 나무 막사로 향했다.

"저것도 영주라고."

무르가 인상을 쓰며 바닥에 침을 뱉었다.

"왜 그러나? 그와 무슨 일이 있었나?"

"말도 마십시오. 필라슈가 작년에 날 찾아와서 기병 5백 명만 팔라고 하더군요."

"병사들을 팔라고 했다고?"

로링겐이 어이없어했다.

몽페르도 가문의 기병들은 어려서부터 훈련된 뛰어난 전사들이다. 5백 명이라도 적지 않은 전력이다.

"입을 찢어 버리기 전에 썩 꺼지라고 했더니, 오히려 자기가 화를 내며 돌아가더군요. 돈만 많은 천박한 자입니다."

"그런 일이 있었군. 부끄러움도 모르는 자 같으니라고."

"이안 영주와 너무도 대비되는 자입니다. 이안 영주는 나이도 어리고 빚더미에 허덕이고 있지만, 당당하고 영지에 대한 자긍심이 넘칩니다. 한데 저자는 명예도 없고 영지를 사랑하지도 않습니다."

무르의 말에 로링겐이 고개를 끄덕였다.

오래 만난 사이는 아니지만 그들이 볼 때 이안은 나이답지 않은 성숙함과 비범함, 그리고 강한 실력을 갖췄다.

"사슴을 확인하겠습니다, 영주님."

보넌의 병사들이 막사 앞에 도착한 무르와 로링겐의 사슴을 일일이 확인하고 종이에 몇 마리인지 적어 갔다.

"이안 영주가 늦는군."

로링겐은 어둠이 내리고 있는 빌레퍼숲을 응시했다. 아직 돌아오지 않은 영주는 이안과 보넌밖에 없었다.

"아마 멀리까지 간 것 같습니다."

"눈이 많이 내려 멀리 가기도 힘들었을 텐데."

두 사람은 이안이 사슴을 몇 마리나 잡아 올지 기대하는 눈빛으로 숲을 계속 바라봤다.

"저기 오는 것 같습니다."

조금씩 내리는 눈을 뚫고 이안과 그 일행이 막사 가까이 다가오고 있었다.

날이 많이 어두워져서 막사에 가까이 와서야 이안임을 확실히 알 수 있었다.

"이안 영주."

무르와 로링겐이 다가오자 말에서 내린 이안은 방긋 웃어 보였다.

"사냥은 재밌으셨습니까?"

"뭐, 우리야 매년 해 오던 일이라서. 이안 영주는 어땠소?"

"내기 때문에 정신없이 사냥을 다녔습니다."

미소를 지으며 담담히 말을 한 이안은 무르와 로링겐뿐만 아니라 여러 영주들이 자신에게 시선을 집중하고 있다는 것을 느꼈다.

대영주와의 내기 때문에 사람들은 그가 사슴을 몇 마리나 잡아 왔는지 궁금해하고 있었다.

"잡은 사슴을 확인해 보겠습니다."

보넌의 병사들이 다가와 말했다.

"그렇게 하게."

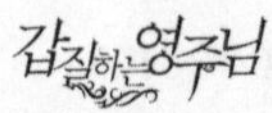

이안이 론도와 하르몬드에게 손짓을 하자, 그들은 호위 병사들과 함께 말에 실어 온 사슴을 바닥에 차례로 내려놨다.

'한 마리, 두 마리…… 여덟 마리!'

사슴을 확인하던 보넌의 병사들 눈이 찢어질 듯 커졌다.

그들은 놀란 눈빛으로 이안을 응시했다.

하루에 일곱 마리 이상 잡은 건 십수 년간 보넌만이 가진 기록이었다.

오늘 그 기록이 처음으로 깨진 것이다.

꼼꼼히 확인해 봐도 사슴 몸에 박혀 있는 화살을 제외하고는 사슴의 몸에 다른 상처가 없었다.

"모두 여덟 마리입니다. 현재까지 최고 기록입니다, 영주님."

사슴을 확인한 병사의 말에 주변에서 지켜보던 영주들이 저마다 놀라며 이안을 새삼스럽게 쳐다봤다.

일부는 대단하다며 치켜세웠고 일부는 시기하는 눈빛을 보냈다. 특히 카드레체는 똥 씹은 표정을 지었다.

'저 녀석은 활까지 잘 다루는군.'

그는 겨우 두 마리를 잡는 것에 그쳤다. 이안과 너무 비교되는 것 같아 화가 치밀어 올랐다.

"믿을 수 없군. 설마 했는데, 여덟 마리나 잡다니. 내기를 괜히 승낙한 게 아니었어."

로링겐은 자신의 일처럼 기뻐했다.

비록 그보다 많은 사슴을 이안이 잡아 왔지만 그는 시기를 하거나 다른 마음이 생기지 않았다.

그저 빚 때문에 힘들어하는 이안이 내기에서 이겨 조금이나마 재정적인 압박감에서 벗어나기를 바랄 뿐이었다.

"굉장한 활 솜씨를 가지고 있군. 그래 놓고 엄살을 피우다니 말이야."

무르가 껄껄 웃었다.

그는 이참에 이안이 내기에서 이겨 보넌의 코를 납작하게 눌러 줬으면 했다.

"내일은 어찌 될지 모르겠습니다."

겸손하게 말을 하던 이안은 갑자기 사람들의 시선이 뒤로 집중되자 천천히 몸을 돌렸다.

숲 방향에서 거대한 횃불의 무리가 다가오고 있었다.

숲 외곽에서 대영주가 나오기를 기다리던 보넌의 친위대들이 보넌이 나타나자 일제히 그를 감싸며 나무 막사로 오고 있는 것이다.

나무 막사 앞에서 횃불을 든 친위대들이 양쪽으로 갈라졌고 그 사이로 보넌이 등장했다.

그는 모닥불 앞에 늘어서 있는 영주들을 길게 둘러봤다.

"내가 제일 늦었군. 기다리게 해서 미안하오."

"아닙니다, 대영주."

대영주가 숲에서 너무 늦게 나온 것도 아니었다.

"그래, 사냥들은 즐거우셨소?"

"물론입니다, 하하하!"

영주들은 대영주의 눈치를 살피며 가볍게 웃었다.

"모두가 즐거워하니 다행이군. 그래, 오늘은 누가 제일 많이 잡아 왔소?"

"……."

영주들의 시선이 한쪽에 서 있는 이안에게로 쏠렸다.

보넌은 말에서 내려 이안에게 다가갔다.

"몇 마리를 잡았는가?"

"여덟 마리입니다."

"여덟 마리? 대단하군. 생소한 숲에서 이런 날씨에 여덟 마리라니."

이안을 칭찬한 보넌이 뒤돌아섰다.

"잡아 온 사슴을 내려놔라."

"예!"

대영주의 지시에 병사들이 말에 실린 사슴들을 재빨리 영주들 앞에 내려놓기 시작했다.

모여 있던 영주들은 은근히 긴장된 시선으로 대영주가 사냥해 온 사슴의 수를 세어 봤다.

쿵. 쿵. 쿵.

죽은 사슴들이 우박처럼 계속해서 쏟아져 내렸다.

이안이 기록한 여덟 마리는 진작 넘었다.

쿠웅!

마지막 사슴이 얼어붙은 땅바닥에 큰 소리를 내며 떨어졌다.

"모두 열두 마리입니다, 대영주님!"

"와아아아!"

주위에서 지켜보던 보넌의 병사들이 환호성을 질렀다.

열두 마리는 역대 최고의 기록이었다.

"역시 대영주님이십니다!"

"축하드립니다, 대영주. 내기는 더 이상 볼 것도 없을 것 같습니다."

많은 영주들이 보넌에게 듣기 좋은 말을 했다. 조금 전 이안이 잡아 온 여덟 마리는 이미 그들의 기억에서 사라진 지 오래였다.

보넌은 손을 들어 영주들의 입을 막았다.

"원래라면 이 자리에서 사냥해 온 사슴을 구워 영주들과 함께 저녁을 즐겨야 하겠지만, 날이 춥고 눈이 쌓인 숲에서 사냥을 하느라 모두 피곤할 테니 이쯤에서 내일을 기약합시다."

"알겠습니다, 대영주."

영주들도 동의했다.

그들 역시 들판 숙영지로 돌아가 쉬고 싶은 심정이 간절했다.

눈을 헤치며 사슴을 쫓느라 이만저만 힘이 든 게 아니었다.

보넌이 말 위에 올랐다.

"이안 영주, 힘내시게, 아직 이틀이나 더 남았으니까."

보넌이 잡아 온 사슴들을 응시하고 있던 이안이 천천히 고

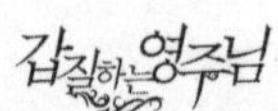

개를 들어 말 위의 보넌을 봤다.

'젠장, 갑자기 왜 이렇게 많이 잡아 온 거야? 날 의식한 건가?'

하루에 평균 일곱 마리씩 잡았다고 했는데, 오늘은 열두 마리나 잡아 기록을 경신해 버렸다.

눈까지 온 것을 감안하면 보넌이 얼마나 열심히 사냥을 했는지 알 수 있었다.

'질 수 없지.'

첫날이기도 해서 몸을 푼다는 생각으로 가볍게 사냥을 마친 이안은 내일부터 본격적으로 사냥을 하기로 마음먹었다.

"응원해 주셔서 감사합니다. 내일은 좀 더 분발해 보도록 하죠."

"기대하겠네."

무심한 눈빛으로 이안을 내려다보던 보넌이 말고삐를 당겨 별장 방향으로 움직이자, 좌우로 갈라져 있던 그의 친위대가 일제히 뒤를 따라갔다.

"대영주님!"

카드레체는 장인의 옆에서 조금이라도 더 시간을 보내기 위해 급하게 좇아갔다.

"우리도 그만 갑시다."

영주들이 하나둘 떠난 자리엔 이안과 무르, 로링겐만이 남았다.

"이안 영주, 너무 낙심하지 마시오. 여덟 마리도 정말 많이 잡은 거니까.”

“맞아. 로링겐 영주님 말처럼 결코 적게 잡은 게 아니지. 보넌이 괴물처럼 많이 잡았을 뿐. 기운 내시오, 이안 영주.”

로링겐과 무르는 말없이 서 있는 이안을 격려했다.

보넌이 열두 마리나 잡아 올 줄은 그들도 예상하지 못했다.

“전 괜찮습니다. 남은 시간 동안 더 많이 잡으면 되지 않겠습니까.”

이안은 밝은 표정으로 대답했다.

“좋은 각오요. 보넌이 내일도 이렇게 많이 잡으리라는 보장은 없으니까. 역전할 수 있소.”

“감사합니다.”

로링겐의 말에 이안은 담담히 미소를 지으며 자신이 잡아 온 사슴이 있는 곳으로 걸어갔다.

숲에서 잡은 사슴은 사냥한 영주의 소유다.

“무르 영주님, 우리는 인원이 몇 안 됩니다. 사슴 몇 마리 가지고 가십시오.”

빌레퍼숲의 사슴은 연하고 맛이 좋다고 소문이 났다.

“험, 나도 한 마리 잡았소.”

“숙영지에 있는 인원이 몇인데 그거 한 마리 가지고 되겠습니까?”

이안은 여덟 마리 중 여섯 마리나 무르에게 줬다.

남은 두 마리만 있어도 50여 명의 인원이 배불리 먹을 양이 된다. 그리고 어차피 사슴은 내일 또 잡을 수 있다.

“수하들이 좋아하겠군. 잘 먹겠소, 영주.”

사양하는 척하던 무르가 호위들을 시켜 이안의 사슴을 말에 싣게 했다.

“내가 사슴을 주려 했더니 안 줘도 되겠군.”

“영주님의 사슴보다 이안 영주의 사슴이 훨씬 크고 먹음직스럽습니다.”

“뭐라고?”

“어서 갑시다. 날도 춥고 허기도 지니 말입니다.”

무르가 껄껄 웃으며 들판 숙영지를 향해 먼저 출발하자, 이안과 로링겐도 입가에 미소를 띤 채 말을 몰았다.

이안이 잡아 온 사슴은 훌륭한 저녁 요리가 되어 병사들의 입으로 들어가고 있었다.

큰 시간 들이지 않고 현장에서 바로 요리해 먹을 수 있는 사슴 구이였다.

고소한 냄새를 풍기는, 불에 잘 익은 사슴 고기를 직접 단검으로 잘라 접시에 담은 재무관은 병사들과 어울려 모닥불 앞에서 사슴 고기를 먹고 있는 이안에게 다가갔다.

‘여덟 마리나 잡다니, 대체 못하는 게 뭐야?’

싸움이면 싸움, 사냥이면 사냥.

영주는 손에 잡히는 모든 걸 잘하는 것 같았다.

'그래도 보넌을 이기기는 힘들겠지?'

보넌의 사냥 실력은 역시 대단해 열두 마리나 잡았다고 했다.

재무관이 옆으로 오자 이안이 고개를 돌려 말했다.

"재무관, 사슴 고기가 입에서 아주 살살 녹는군. 어서 먹어 봐."

"으흐흑흑."

재무관이 고기가 담긴 접시를 바닥에 내려놓더니, 소매로 눈물을 닦는 시늉을 했다.

이안은 고기를 씹으며 멀뚱히 쳐다봤다.

"뭐야?"

"영주님이 힘들여 잡은 사슴 고기를 맛보려니 가슴이 뛰고 눈물이 나려 합니다. 전대 영주님을 모시고 왔지만, 그때는 빌레퍼 사슴 고기를 먹어 보지도 못했습니다. 그런데 이렇게 영주님이 보란 듯이 잡기 힘든 그 사슴을 잡아 오시다니, 얼마나 대단한 일입니까?"

"닥치고 먹기나 해. 즐거운 저녁 식사 자리에서 눈물 질질 짜고 있어."

"……죄송합니다, 영주님. 눈물이 아니라 모닥불 재가 눈에 들어가서."

언제 눈물을 흘렸냐는 듯 재무관은 헛기침을 하며 고기 접시를 들었다.

'오, 정말 맛있군.'

재무관은 붉은 윤기가 흐르는 사슴 고기를 손으로 빠르게 집어 먹었다.

꺄뮤에서 다양한 사슴 요리를 먹었지만, 이 맛을 따라오기는 힘들 것 같았다.

고기 맛도 있어서겠지만 생각해 보니 하루 종일 숙영지에서 눈을 치우느라 배가 고파서이기도 했다.

'먹는 거 하나에 내가 고마움을 느껴야 하다니, 빌어먹을.'

갑자기 입맛이 뚝 떨어진 재무관은 옆을 쳐다봤다.

이안이 술과 함께 고기를 물 마시듯 빠르게 먹어 치우고 있었다.

건강을 회복한 후 영주의 식성이 대단해졌다는 것은 모르는 사람이 없을 정도다.

'내기에서 이기면 빚이 반이나 줄어들 텐데……. 영주가 이기기를 바라야 하는 건가, 아니면 보기 좋게 져서 사슴 눈알을 먹기를 바라야 하는 건가.'

미운 정도 정이라고 얄미운 이안이 영지를 위해 애를 쓰는 것이 눈에 뻔히 보여 기분이 묘했다.

"왜 더 안 먹어?"

"예? 아 예, 먹으려던 참이었습니다."

재무관은 반쯤 남은 고기를 마저 먹기 시작했다.

물끄러미 재무관이 먹는 모습을 지켜보던 이안이 지나가는 말투로 돈 얘기를 꺼냈다.

"재무관 사촌 말이야, 왕성에서 고리대금업 하는."

"예, 영주님."

"내 돈 잘 준비하고 있겠지?"

무려 7만 5천 금화다. 이안에게는 꼭 필요한 돈이다.

"성에서 나오기 전 다시 편지를 써서 사촌에게 보냈습니다. 영주님의 경고도 써서 보냈으니, 그가 돈을 가지고 올 겁니다."

"내가 이렇게 몇 번이나 강조한다는 것은 내가 그냥 지나치지 않을 거라는 뜻이야."

이안이 자리에서 일어나 막사로 향하자, 뒤에 남은 재무관은 무거운 표정을 지었다.

왕성에 있는 사촌이 제발 자신의 편지를 무시하지 않기를 바랄 뿐이었다.

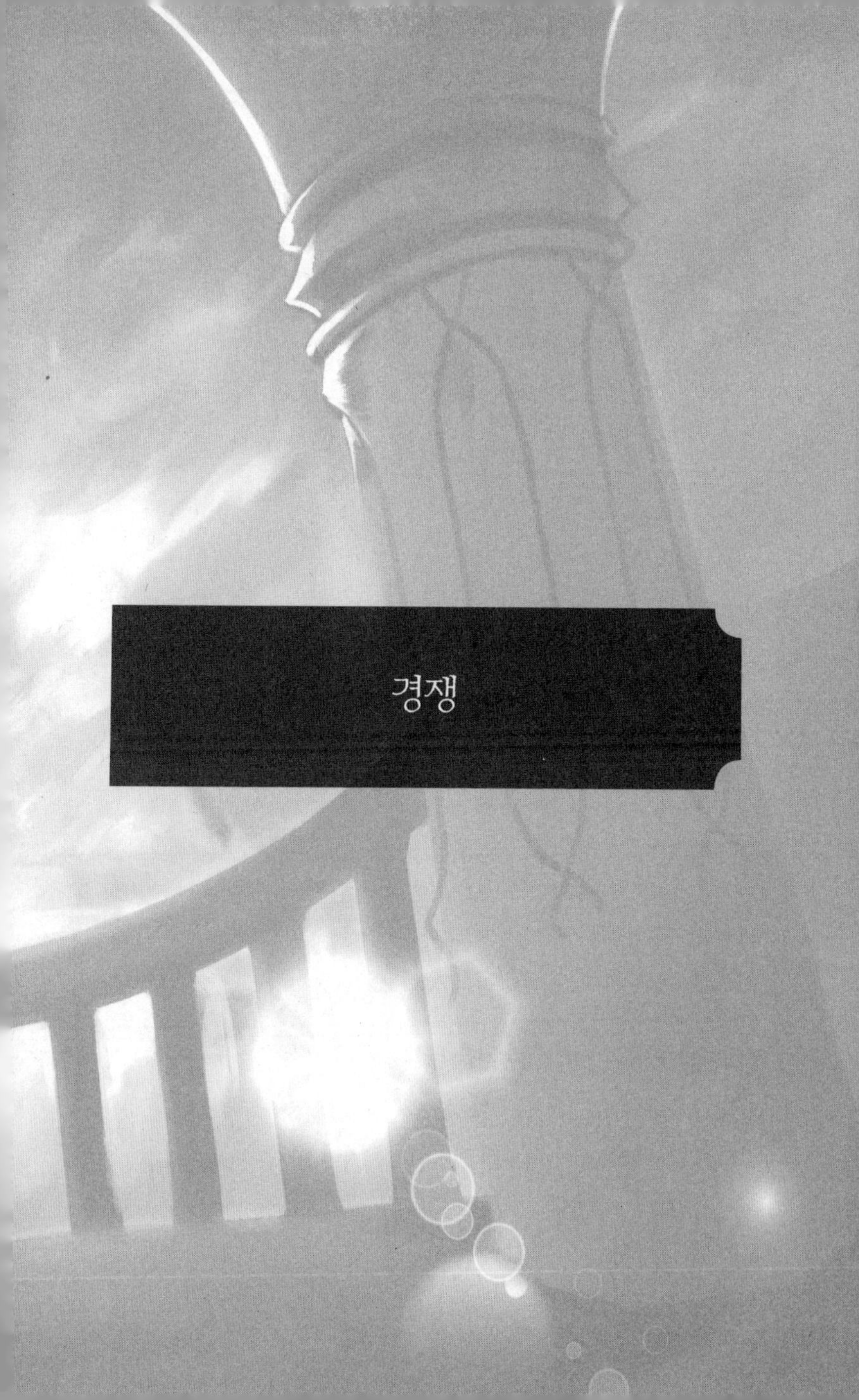

경쟁

벨로린 왕성의 복잡한 상점 거리 한 귀퉁이에는 프울레오 전당포가 있다.

물건을 맡기고 돈을 빌리는 전당포는 다양한 계층의 사람들이 이용한다.

"비명 소리가 들리는 거 같아요."

젊은 여자는 작은 보석이 박힌 귀걸이와 목걸이를 맡기며 전당포 안쪽을 응시했다.

커다란 쇠창살로 가려진 전당포 안쪽은 어둡고 으스스했다.

"비명 소리라뇨? 아무 소리도 안 들리는데? 어디 보자, 금화 열 개는 빌려드릴 수 있겠군요. 어서 여기 서명을 하세요."

전당포 창구 점원은 쇠창살을 사이에 두고 손님으로 온 젊은 여자에게 미소를 보였다.

"막 돈을 갚지 않았다고 해서 때리거나 하지는 않겠죠?"

돈이 급히 필요해 여길 찾아왔지만 여자는 망설였다.

"그럼요. 저희가 왜 때립니까, 저장 잡힌 물건이 있는데? 돈을 갚지 않으면 맡기신 물건을 우리는 처분하면 그만입니다. 두려워하지 마세요."

"그렇죠?"

여자가 전당포 문서에 서명을 하려던 그 순간, 피투성이 남자가 전당포 안쪽에서 뛰쳐나와 쇠창살에 매달렸다.

"살려 줘! 누가 좀 구해 줘요!"

"이 새끼가 돌았나!"

여자에게 친절한 얼굴로 상담을 해 주던 창구 점원이 벌떡 일어나 주먹으로 남자의 얼굴을 후려쳤다.

하지만 남자는 그 주먹을 버티며 쇠창살 바깥으로 팔을 내뻗어 여자에게 소리쳤다.

"제발 도와주세요! 수비군에게 신고 좀!"

"뒈지려고!"

뒤늦게 전당포 안쪽에서 우르르 몰려나온 서너 명의 사내들이 남자를 사정없이 짓밟았다.

정신을 잃을 정도로 남자를 두들겨 팬 그들은 바닥에 쓰러진 남자를 질질 끌고 어두운 전당포 안쪽으로 들어갔다.

여자는 몸을 오들오들 떨며 뒷걸음질 치다 뭔가에 등이 부딪혔다. 뒤를 돌아보니 머리에 머리카락 한 올 없는 싸늘한 인상의 대머리 중년인이 입구에 서 있었다.

"어딜 가시오? 돈을 빌리러 왔으면 돈을 빌리고 가야지."

"누, 누구세요?"

"나는 이 전당포의 주인 프울레오요."

"바, 방금 사람이……."

"이런 곳에서 흔하게 벌어지는 작은 소동일 뿐이라오."

프울레오는 그녀에게 얼굴을 들이밀었다.

"신경 쓰지 말고 필요한 돈만 빌려다 쓰시오. 괜히 왕성 수비군에 신고해 봤자, 당신만 피곤해지니까. 내 말 이해하겠소?"

뱀의 눈처럼 차가운 프울레오의 눈빛에 겁을 집어먹은 그녀는 정신없이 고개를 끄덕였다.

잠시 여자를 노려보던 프울레오는 여자를 지나쳐 전당포 중간을 가로막고 서 있는 쇠창살로 다가갔다.

안쪽 창구 점원이 인사를 하며 쇠창살 문을 열어 줬다.

"오셨습니까!"

"병신 같은 것들."

프울레오는 전당포 안쪽으로 들어가 지하실로 내려가는 계단을 밟았다.

횃불이 일렁이는 지하실엔 조금 전 소란을 피운 그 남자가 찬물을 뒤집어쓰고 바닥에서 꿈틀대고 있었다.

"아직도 버티는 거냐?"

"프, 프울레오 님, 사, 살려 주십시오."

남자는 바닥을 기어 프울레오의 발밑에 엎드렸다.

애원하는 그에게 프울레오가 차갑게 말했다.

"네가 고집을 부리니까 그러지. 귀찮게 하지 말고 집과 농장을 넘겨. 그럼 널 풀어 주겠다."

"그건 안 됩니다. 이자로 갚은 돈만 해도 원금의 몇 배는 됩니다. 돈은 갚을 만큼 갚았잖습니까!"

남자는 눈물을 흘리며 절규했다.

"무슨 소리야? 네 빚은 눈덩이처럼 불어서 끝이 보이지 않는데?"

조롱 섞인 그의 말에 분노한 남자가 프울레오에게 덤벼들다 사내들에게 제지당했다.

"야, 이 개새끼야! 니가 사람이냐!"

"흥! 주제도 모르고. 다시 시작해."

프울레오는 남자에게 침을 뱉고 뒤돌아섰다.

지방 귀족 가문에서 태어난 그는 고리대금업이라는 험한 일에 뛰어들었지만 나름 만족하며 살고 있었다.

영주 밑에서 관리 노릇을 하기 위해 밤낮없이 뛰어다니지 않아도 되고, 그는 자유롭게 살 수 있었다.

지상으로 올라온 그는 전당포 한쪽에 있는 자신의 방으로 들어갔다.

책상 한쪽에 멀리 알베른에서 온 편지가 놓여 있었다.

바빠서 읽지 못한 편지다.

금고에서 왕성 수비군 부사령관 빌로프에게 바칠 뇌물을 꺼낸 그는 방을 나서려다 다시 돌아와 편지를 뜯어 봤다.

"이 인간은 아직도 그 돈이 자기 돈인 줄 착각하는 건가?"

프울레오는 알베른에서 재무관을 하는 사촌 토먼을 비웃었다.

편지엔 겨울이 가기 전 고리대금업에 투자한 돈을 돌려 달라는 이야기가 몇 번이나 강조되어 있었다.

"알베른의 영주가 날 죽일 수도 있다고?"

그는 피식 웃으며 편지를 등불에 태워 버렸다.

"오라고 해. 어디 촌구석 영주 새끼가."

프울레오는 왕성에 든든한 배경들이 많았다. 아무리 영주라 해도 왕성에서 함부로 행동할 수는 없었다.

더군다나 어디 붙어 있는지 지도를 자세히 살펴봐야 알 수 있는 촌구석 어린 영주 아닌가.

빌로프에게 바칠 뇌물을 챙긴 그는 문을 꽝 닫고 나가 버렸다.

사슴이 온순하다고만 생각하면 큰코다친다.

빌레퍼 수사슴은 크고 날카로운 뿔로 적을 향해 용감히 돌진하기도 한다.

바위 뒤에서 오줌을 누던 이안은 갑자기 수풀 뒤에서 튀어나온 커다란 수사슴에 놀라 황급히 바지를 올렸다.

"뭐야, 이거!"

빠르게 다가온 사슴이 뿔로 이안을 들이받으려 했다.

이안은 순식간에 옆으로 피하며 사슴의 뿔을 덥석 잡아 눈밭을 향해 던져 버렸다.

"알아서 와 주니 고맙네!"

눈밭에 떨어진 사슴은 몇 번 몸을 휘청거리더니 이안을 향해 적의를 드러내며 돌진해 왔다.

바위 위에 올려놨던 활을 집어 든 이안은 허리의 화살통에서 화살을 번개처럼 뽑아 활시위에 걸었다.

피이잉!

겨울 공기를 가르며 날아간 화살이 뿔이 자란 사슴의 머리 정중앙을 뚫고 들어갔다.

사슴은 이안의 코앞에서 힘없이 쓰러졌다.

"사슴의 공격을 받기는 처음인데?"

사슴이 수풀 속에서 어찌나 위장을 잘하고 숨어 있었는지, 오줌을 누다 꼼짝없이 당할 뻔했다.

—손을 씻어라.

블란조르가 눈살을 찌푸리며 말했다.

"무슨 손?"

이안이 무거운 사슴을 어깨에 메며 물었다.

-내가 다 봤다, 네가 바지를 급히 올리다 실수한 것을.

"별걸 다 보네, 젠장."

이안은 사슴을 바닥에 내려놓았다. 눈으로 손을 몇 번 닦아 낸 그는 블란조르를 노려봤다.

"됐냐? 더럽게 깨끗한 척하네."

-품위 없는 녀석. 지킬 건 지켜야지.

"내가 일부러 그랬나?"

이안은 허리를 숙여 사슴을 짊어졌다.

'이제 여섯 마리짼가?'

사냥 2일 차.

이안은 첫날과 비교할 수 없을 정도로 사냥에 집중하고 있었다. 그 결과 사냥을 시작한 지 얼마 되지 않아 벌써 여섯 마리나 잡았다.

이 속도라면 오늘 하루 스무 마리도 문제없을 것 같았다.

워프를 이용해 사슴을 빠르게 찾아낸 덕분이었다.

"이안 영주!"

워프를 이용해 론도가 기다리고 있는 곳으로 이동하려던 이안은 말을 타고 나타난 필라슈와 마주쳤다.

모피 코트처럼 생긴 두꺼운 털외투를 걸친 그는 이안이 짊어진 커다란 수사슴을 보며 감탄했다.

"사냥 솜씨가 기가 막히는구려. 어제 여덟 마리를 잡아 왔을 때 내가 얼마나 놀랐는지 아시오?"

말에서 내린 필라슈는 손수건을 꺼내 흘러내리는 콧물을 닦아 냈다.

"하지만 그래도 보넌 대영주를 내기에서 이기기는 힘들 거요. 어제 보지 않았소, 열두 마리나 잡은 것을."

"길고 짧은 건 대봐야 알겠죠."

이안은 덤덤하게 답했다.

"하긴 빚의 반을 줄여 준다는데 열심히 해야겠지."

왠지 비아냥거리는 듯한 그의 말투에 이안의 눈빛이 살짝 차가워졌다.

"한데 생각해 보셨소?"

"뭘 말입니까?"

"일전에 내가 제안했던 일 말이오. 설령 내기에서 운 좋게 이기더라도 여전히 많은 빚이 영주를 기다릴 게 아니오? 잘랭을 설득해 내게 보내 주시오. 내가 돈뿐만이 아니라 멀리 외국에서 건너온 아리따운 여인들까지 선물로 보내 주겠소. 어떠시오?"

필라슈는 은근한 눈빛으로 이안을 쳐다봤다.

"그 이야기는 전에 끝낸 걸로 알고 있습니다. 더는 같은 말을 반복하게 하지 마세요."

"참으로 답답하군. 좋은 제안을 걷어차다니."

이안은 필라슈를 지나쳐 아래 방향으로 걸어가다 문득 걸음을 멈추고 뒤돌아섰다.

"필라슈 영주님, 잠깐 귀 좀."

"오, 무슨 할 말이라도?"

이안은 가까이 다가온 필라슈에게 다른 사람이 듣지 못하게 작게 속삭였다.

"처음이자 마지막으로 경고하지. 지금 당신의 헛소리를 계속 참아 주고 있어. 수하들 앞에서 개처럼 얻어맞는 망신을 피하려면 행실 똑바로 하는 게 좋을 거야. 후회하지 말고."

"……."

필라슈는 굳은 얼굴로 이안을 노려봤다.

"내가 어떤 놈인지 더 알고 싶다면, 우디차 가문의 카드레체에게 물어봐. 당신은 운이 좋은 편이야."

이안은 표정이 굳어 있는 필라슈의 고급스러운 털외투를 손으로 슬쩍 훑어 내리며 능청스럽게 말했다.

"좋군요. 따뜻하겠습니다."

"물론이오. 아주 따뜻하지. 얼마짜리인데."

이안에게 톡 쏘듯 말을 한 필라슈는 붉어진 얼굴로 말에 올랐다.

"가자!"

필라슈가 수하들과 함께 도망치듯 사라지자, 이안은 차가운 눈빛으로 중얼거렸다.

"돈이면 단 줄 아나. 어디서 돈지랄을 해."

생각 같아서는 발가벗겨 눈밭에서 개망신을 주고 싶었지만 꾹 참았다.

워프를 이용해 론도에게 사슴을 넘겨준 이안은 숲 동쪽으로 이동했다.

'로링겐 영주는 여기서 사냥을 하고 있었군.'

흰 수염을 가슴까지 기른 로링겐은 눈밭을 바람처럼 뛰어가며 측면에서 나란히 달리고 있는 사슴을 향해 전광석화처럼 화살을 날렸다.

화살은 푸른 빛에 휩싸여 있었다.

나무가 가로막고 서 있었지만 포스가 깃든 화살은 나무를 그대로 관통해 뒤에 있던 사슴의 몸에 꽂혔다.

'깔끔하군.'

이안도 포스가 깃든 화살을 날릴 수 있지만, 굳이 그렇게까지는 하지 않고 있었다. 워프 능력이 있어서 장애물을 피해 사슴을 사냥할 수 있었기 때문이다.

로링겐과 그 수하들이 사슴을 수습하는 것을 잠시 지켜보던 이안은 동쪽으로 더 이동했다.

'저기 한 마리가 있군.'

나무껍질을 뜯어 먹고 있던 사슴은 기척 없이 옆에 나타난 이안을 발견하고는 화들짝 놀라 도망치다 앞으로 푹 고꾸라졌다.

‘일곱 마리째.’

그는 바로 사슴을 수습하지 않고 곧장 이동해 근처에서 두 마리를 더 잡은 후 돌아왔다.

‘이제 아홉 마리군.’

세 마리나 되는 사슴을 양어깨에 짊어진 이안은 사람들의 목소리가 들리자 서둘러 자리를 떠났다.

그가 떠난 빈자리에 보넌이 나타났다.

“대영주님, 핏자국이 보입니다. 누가 먼저 다녀간 것 같습니다.”

사슴의 발자국을 따라온 보넌은 예리한 시선으로 주변을 돌아봤다.

핏자국이 있는 곳을 제외하고 인근 눈밭엔 말이나 사람이 움직인 흔적이 없었다.

아주 깨끗했다.

새처럼 날아와 사슴만 사냥하고 또 새처럼 사라진 것 같았다.

잠시 말 위에서 사슴이 남긴 핏자국을 응시하던 보넌이 말의 허리를 가볍게 찼다.

“숲 중앙으로 들어간다.”

늘 1등을 하던 사람이 1등을 놓쳤을 때, 그것은 본인보다

주변의 사람들을 더 당혹스럽게 만들기도 한다.

사냥 이틀째.

모닥불 앞에 모인 상당수 영주들은 보넌의 눈치를 보고 있었다.

이안이 사슴을 무려 19마리나 잡아 왔다. 그에 비해 보넌은 13마리를 사냥해 왔다.

사냥의 신이 이안의 몸을 빌려 사냥을 하지 않은 이상, 이렇게 많이 잡을 수 있나 싶을 정도였다.

한동안 말없이 이안이 잡아 온 사슴을 둘러보던 보넌은 모닥불 옆에 서 있는 이안을 쳐다봤다.

둘째 날 사냥이 끝났지만, 이안은 사냥꾼처럼 활과 화살을 몸에서 떼어 놓고 있지 않았다.

영주가 아닌 사슴 사냥꾼으로 철저히 변한 모습이었다.

보넌은 그 모습이 마음에 들었는지 표정 없던 입가에 한 줄기 미소를 그렸다.

내기 상대방이 전력을 다해 줄 때, 그는 희열을 느끼곤 한다. 그럴수록 내기를 이겼을 때의 승리감이 배가됐다.

"어제는 내게 졌지만, 오늘은 나를 크게 이겼군."

"운이 좋았던 것 같습니다."

"난 운 같은 건 믿지 않네. 오로지 실력이지. 내일은 정말 즐거운 사냥이 되겠어."

이안이 어제오늘 합해서 27마리, 보넌이 25마리를 잡았다.

역전을 했지만 아직 아무것도 결정된 건 없다.

내일 마지막 사냥에서 진정한 승리자가 가려진다.

"이런 날 술이 빠지면 안 되겠지."

보넌은 모닥불 주위에 모여 있는 영주들에게 술을 한 잔씩 돌렸다.

"빌레퍼숲에서 사냥을 시작한 이래 나보다 사슴을 많이 잡아 온 영주는 이안 영주가 처음이오."

영주들은 이안을 응시했다.

"내가 인상을 쓰며 기분 나빠 하길 바라는 장난스러운 영주들도 있겠지만 천만에, 나는 아주 즐겁소."

보넌이 이안의 어깨를 감싸며 힘껏 안으로 끌어당겼다.

이안의 키도 컸지만 보넌이 원체 체구가 당당해 상대적으로 이안이 작게 보였다.

'왜 이러는 거야, 쑥스럽게.'

어제 적게 잡아 왔을 때는 무심하고 싸늘한 시선으로 바라보더니 많이 잡아 오자 오히려 기뻐하며 잘 대해 주는 것 같았다.

이안의 어깨에서 팔을 푼 보넌이 술잔을 높이 들었다.

"오늘은 이안 영주가 기록을 세웠으니, 다 함께 축하해 줍시다."

대영주의 눈치 때문에 대놓고 칭찬을 하지 못했던 영주들이 그때서야 술잔을 들어 이안의 사냥 실력을 칭찬하고 술잔을 기울였다.

특히 무르와 로링겐은 만면에 미소를 지으며 모닥불 맞은편에 서 있는 이안에게 큰 소리로 축하했다.

"이 기세를 이어 가 내기에서 꼭 승리하시오!"

무르의 노골적인 지지에도 보넌은 표정 변화 없이 술을 한 잔 더 마셨다.

그는 이안을 돌아봤다.

"난 내기에서 한 번도 진 적이 없네. 앞으로도 질 생각이 없고."

보넌은 내일 반드시 이안을 이기겠다는 눈빛으로 말했다.

'뭐야, 저 눈빛. 목숨이라도 걸 듯한 눈빛이잖아?'

보넌의 부담되는 눈빛을 받아 내며 이안이 술잔을 비웠다.

"사슴 눈알로 배를 채우기는 저도 싫습니다."

사슴 사냥 마지막 날.

모처럼 하늘이 화창했다.

눈구름이 눈을 모두 뿌리고 밤사이에 모두 도망친 것 같았다.

눈밭을 달리던 사슴을 향해 보넌이 화살을 날렸다.

퍽!

묵직한 소리와 함께 사슴이 허공으로 솟구쳤다.

말에서 내린 보넌이 사슴 앞에 섰다.

"내 뒤를 따라오며 사슴을 수거해라."

"예! 대영주님!"

상의를 벗은 보넌은 사슴의 목을 갈라 그 피를 얼굴과 근육질의 탄력 있어 보이는 상체에 발랐다.

태초의 사냥꾼들처럼 사냥 대상의 피로 몸을 붉게 물들인 그는 마지막으로 사슴의 피를 마셨다.

태초의 사냥꾼들이 벌이던 신성한 의식을 치른 보넌이 잠시 후 활과 화살을 챙겨 바람처럼 어딘가를 향해 달리기 시작했다.

"느껴진다, 이 숲의 사슴들이."

놀랍게도 그가 달려간 곳에 사슴이 있었다.

사슴과 눈이 마주친 보넌은 달리면서 화살을 날렸고, 사슴이 그대로 고꾸라졌다.

휘익!

사슴을 뛰어넘은 보넌은 멈추지 않고 왼쪽으로 방향을 꺾었다.

찬 바람이 나무 사이에서 몰아쳐 왔지만 상의를 벗은 보넌은 추위를 느끼지 못하는 사람처럼 무언가에 이끌리듯 달려갔다.

집채만 한 바위를 단숨에 뛰어넘은 그는 바닥을 한 번 구른 뒤 정면을 향해 번개처럼 화살을 날렸다.

나무 사이를 달리던 커다란 사슴이 허리가 잘리며 두 동강이 났다.

"후우, 후우."

흰 입김을 내뿜던 보넌이 이번엔 오른쪽을 노려봤다.

"대, 대영주."

우연히 마주친 필라슈가 말 위에서 몸을 떨었다.

얼굴과 몸에 피를 잔뜩 묻힌 대영주의 모습은 굶주린 늑대처럼 사납고 거칠어 보였다.

차가운 눈빛으로 필라슈를 잠시 노려보던 보넌은 허리가 잘린 사슴의 피를 몸에 바르고 다시 피를 마셨다.

"느껴진다."

보넌의 몸이 허공으로 솟구쳤다.

놀랍게도 단번에 20미터 가까운 나무의 정상에 오른 그는 멀리 시선을 두고 몸을 날렸다.

한동안 나무 사이를 빠르게 건너뛰던 그는 아래를 내려다봤다.

여러 마리의 사슴들이 무리를 지어 이동하고 있었다.

그는 그대로 아래로 뛰어내리며 세 발의 화살을 동시에 날렸다.

번쩍이는 화살들이 빛살처럼 날아가 무리 지어 이동하던 사슴들을 휩쓸어 버렸다.

그러나 살아남은 사슴 한 마리가 있었고, 녀석은 재빨리

아름드리나무 뒤로 몸을 감추었다.

"호오!"

입에서 기이한 소리를 내며 차가운 숲의 공기를 빨아들인 보넌이 거대한 덩치의 나무를 향해 화살을 날렸다.

엄청난 포스가 담긴 붉은 빛의 화살이 아름드리나무와 충돌한 순간, 가공할 만한 열기와 함께 나무의 반이 잿더미로 변하고 뒤틀렸다.

쿠쾅!

주변 여러 나무들이 일시에 산산조각 났고, 폭발의 영향으로 인해 도망치던 사슴의 몸이 붕 떠 눈밭에 처박혔다.

저벅저벅.

눈밭에 누워 꿈틀거리던 사슴을 무심히 내려다보던 보넌이 활시위에 화살을 걸었다.

퍽!

은빛 화살이 사슴의 두개골을 뚫고 들어갔다.

빌레퍼숲 중앙엔 낮은 산처럼 생긴 높은 언덕이 있다.

숲 북쪽으로 가던 길에 이안은 그 언덕 한쪽에서 휴식을 취했다.

크고 작은 바위들이 흩어져 있는 그곳엔 폐허가 된 고대 집터가 남아 있었다.

“여기서도 집을 짓고 살았나 보네.”

이안은 바위에 걸터앉아 술을 한 모금 했다.

“오늘은 몇 마리나 잡아야 할까? 어제 보넌의 눈빛이 장난이 아니던데. 안심할 수가 있어야지.”

이곳으로 오는 길에 17마리를 잡았다.

어제 이맘때엔 12마리 정도 잡은 것 같다. 그때보다 잡는 속도가 훨씬 빠르다.

하지만 왠지 이안은 마음이 놓이지 않았다.

—50마리만 더 잡아라.

“50마리 더? 그러다 이 숲의 사슴 씨가 마르겠다.”

미간을 찌푸리던 이안은 자신의 눈을 비볐다.

‘내가 잘못 본 건가?’

바위에서 내려온 그는 언덕 밑을 내려다봤다.

얼굴과 몸에 피 칠을 한 보넌이 숲에서 튀어나와 언덕을 향해 뛰어올라 오고 있었다.

그런데 단순히 뛴다라는 표현으로 보넌의 움직임을 설명하기에는 아주 많이 부족했다.

‘한 번 움직일 때마다 거의 칠팔 미터씩 뛰어오르고 있어.’

몇 걸음 뛰지 않았는데, 벌써 언덕 중간쯤에 이르렀다.

쿠웅! 쿠웅!

보넌이 발을 디디고 뛰어오를 때마다 언덕 사면에 쌓여 있던 눈들이 충격을 받아 흰 안개를 만들며 사방으로 튀었다.

일부는 눈사태처럼 큰 소리를 내며 언덕 아래로 쓸려 내려가기도 했다.

사람이 아닌 지진이 다가오는 느낌이었다.

굉장한 기세였다.

'저런 모습을 어디서 본 것 같은데……. 맞아, 헐크!'

보넌과 시선이 마주친 이안은 순간 오싹한 기분이 들었다.

얼굴에 피를 잔뜩 칠한 보넌이 그를 향해 웃고 있는 것처럼 느껴졌기 때문이다.

"이안!"

헐크처럼 위압적인 모습으로 언덕을 뛰어오르던 보넌이 갑자기 이안의 이름을 크게 불렀다.

그 직후 보넌의 몸에서 번쩍이는 빛이 뿜어져 나와 이안을 향해 번개처럼 날아갔다.

표정이 변한 이안이 옆으로 몸을 피했다.

보넌의 화살이 이안의 뒤에 서 있던 고대 집터의 잔해와 충돌했다.

쿠쾅!

눈부신 섬광과 함께 모래처럼 부서진 집터의 돌들이 화산재처럼 허공으로 솟구쳤다.

이안이 서 있는 일대는 돌이 부서지며 남긴 엄청난 돌가루와 먼지 들로 인해 일순 뿌옇게 시야가 가렸다.

이안은 굳은 표정으로 재빨리 화살통에서 화살을 뽑아 활 시위에 걸었다.

보넌이 걸음을 멈추고 새로운 화살을 검정색 활에 걸어 막 쏘려던 참이었다.

두 사람의 시선이 뿌옇게 변한 먼지를 뚫고 서로 마주쳤다.

수십 미터나 떨어져 있었지만 두 사람은 서로의 시선을 아주 잘 느끼고 있었다.

위에서 내려다보는 이안과 밑에서 올려다보는 보넌.

서로 활을 겨누던 두 사람은 누가 먼저라고 할 것도 없이 거의 동시에 활시위를 놓았다.

은색 빛에 휩싸인 이안의 화살과 붉은 빛의 보넌의 화살이 중간에 충돌했다.

쾅!

태양이 폭발하는 듯한 엄청난 빛과 소리가 사방으로 뻗어 나갔고, 바닥에 쌓인 눈들은 충돌과 함께 생긴 열을 버티지 못해 일시에 녹아 계곡물처럼 밑으로 흘러내렸다.

두 화살이 충돌한 지점엔 땅이 참호처럼 깊숙이 파여 있었다.

활을 든 자세로 보넌을 노려보던 이안은 천천히 활을 밑으로 내렸다.

보넌이 더는 활을 쏘지 않고 천천히 그를 향해 걸어 올라오고 있었다. 별다른 적의가 느껴지지 않았다.

'날 시험한 건가?'

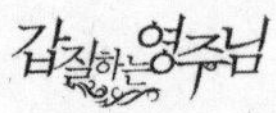

이안은 그의 활을 내려다봤다. 활시위가 끊어져 있었다.

심상치 않아 보이는 보넌의 화살을 막기 위해 막대한 포스의 힘을 화살에 실어 날렸는데, 그 와중에 활시위가 버티지 못하고 끊어져 버렸다.

'자칫했으면 내 화살이 밀릴 뻔했어.'

보넌의 화살은 그만큼 강력했다.

이안은 고개를 들어 가까이 다가온 보넌을 응시했다.

얼굴과 가슴에 피를 잔뜩 묻힌 그는 한 손엔 활을 들고 길쭉한 화살통은 허리에 걸치고 있었다.

대영주가 아닌 원시림에 사는 어느 부족의 사냥꾼처럼 보였다.

"놀랐나?"

"이 상황에 놀라지 않을 사람은 드물 것 같습니다."

보넌은 흰 이를 드러내며 낮게 웃었다.

"사과하겠네. 내 눈으로 직접 영주의 실력을 확인해 보고 싶었을 뿐이야. 다른 의도는 없었네."

"시험치고는 너무 위험했습니다."

"그러지 않고는 제대로 실력을 확인하기 어려우니까. 과연 생각대로 대단한 실력이야."

이안을 스쳐 지나간 보넌이 몇 미터 떨어져 있는 평평한 돌에 앉았다.

"자넨 모르겠지만 내가 깔고 앉아 있는 이 널찍한 돌은 고대 부족들이 제물을 바칠 때 사용하던 제단의 일부였네. 그들은 이 숲에서 살며 사슴을 잡아 제물로 바쳤지."

잠시 대영주를 응시하던 이안이 보넌의 앞으로 다가왔다.

"내 시야를 방해하지 말고 옆으로 비켜 주겠나?"

이안은 옆으로 비켜섰다.

언덕 정상이라 넓은 숲이 한눈에 들어왔다.

"신은 인간에게 늘 제물을 원하지. 소원을 들어주는 대가로 말이야. 공짜란 없어. 인간은 잊고 있어도 신은 결코 잊지 않아. 자신이 받을 제물을 기필코 찾아내지. 그것이 인간의 목숨이든 짐승의 목숨이든."

고대 제단의 돌을 손으로 부드럽게 매만지던 보넌이 차가운 미소를 지었다.

"자네 같으면 어떻게 할 텐가? 소원을 이루기 위해서 신이 원하는 제물을 바칠 수 있겠나?"

이안은 순간 지구에서 죽은 가족이 떠올랐다.

만약 가족과 다시 만나게 해 준다면, 그는 많은 것을 희생할 각오가 되어 있었다.

하지만 그게 가능한 일일까?

죽은 자와 산 자의 경계는 그리 쉽게 허물어지지 않을 것 같았다.

마법과 고대 용, 던전, 몬스터가 등장해도 여전히 죽음은 미지의 영역이었다.

'나중에 디일렌에게 금화 주머니라도 기부하고 와야겠어. 혹시 모르잖아?'

케야 사원의 신녀 디일렌은 케야의 신도가 되면 죽음 이후에 가족을 만날 수 있다고 했다.

이안은 죽지 않고 이 현실에서 가족을 만난다는 것은 아예 생각조차 안 했다.

"대답을 못 할 만큼 어려운 질문이었나?"

"아닙니다. 단지 제가 바라는 소원은 살아서는 이룰 수 없는 것들이라서 말입니다."

이안의 얼굴을 물끄러미 바라보던 보넌이 시선을 내려 이안의 허리띠에 매달린 작은 병을 봤다.

"술이 남았나?"

보넌이 술병을 가리키자 이안은 가죽 주머니에 들어가 있던 술병을 꺼냈다.

"목을 축일 정도는 됩니다."

"고맙군."

보넌은 대영주라는 높은 신분의 사람답지 않게 이안이 먹다 남긴 술을 받아 맛있게 마셨다.

"옷은 왜 벗고 다니는 겁니까, 날씨도 추운데?"

"하하하!"

이안의 질문에 보넌이 술병을 들고 유쾌하게 웃었다.

그에게 이런 질문을 면전에서 할 사람은 그리 많지 않다.

대부분은 속으로 질문을 삼킨다.

"지금 자네의 모습을 보게. 수하들 없이 홀로 돌아다니는 진정한 사냥꾼의 모습이야. 어제 자네의 모습을 보고 난 정말 감명을 받았어. 오늘 자네를 이기기 위해선 나 역시 그런 한 명의 사냥꾼으로 돌아가는 수밖에 없다는 걸 깨달았지."

"저는 사슴의 피를 얼굴에 묻히지도 윗옷을 벗지도 않았습니다."

"차이지. 각자가 느끼는 사냥꾼 모습의 차이."

술병을 비운 보넌은 돌 위에서 천천히 일어섰다.

"사슴 사냥이 끝나면 어떻게 할 건가?"

"영지로 돌아가야죠."

"그 뒤엔?"

보넌이 이안과 마주 섰다. 그의 눈빛은 활활 불타오르고 있었다.

"그 뒤엔…… 열심히 영지를 관리해 대영주께 진 빚을 갚을 생각입니다."

"빚 따위는 내가 얼마든지 없던 일로 해 줄 수 있네. 오히려 재정을 지원해 줄 수도 있지."

"제게 뭘 바라는 겁니까?"

"이안 영주."

보넌은 손을 뻗어 이안의 한쪽 어깨에 올렸다.

"때가 되면 날 도와주겠나? 내겐 자네처럼 강한 의지와 실력이 있는 영주가 필요해."

"무슨 말씀이신지 모르겠습니다."

"왕좌."

보넌이 이안의 귀에 대고 속삭였다.

이안의 눈빛이 살짝 흔들렸다. 이렇게 노골적으로 보넌이 자신이 왕이 되고 싶다는 의사 표현을 할 줄은 몰랐다.

'빌어먹을. 왕이 되고 싶으면 당신이 재주껏 해 봐. 왜 내게 도움을 요청하는 거야.'

1왕자도 딱히 마음에 들지 않았고, 그렇다고 지지하는 대영주가 있는 것도 아니었다.

"날 도운 만큼 이안 영주는 많은 것을 얻게 될 걸세."

"왜 왕이 되려고 하십니까?"

"별거 없네."

보넌은 가슴을 활짝 펴고 싸늘한 겨울 공기를 폐부 깊숙이 들이마셨다.

그는 이글거리는 눈빛으로 당당히 말했다.

"변변치 못한 아더 왕보다 내가 못하다고 생각한 적은 없으니까. 그러니 왕좌에 한 번쯤은 앉아 봐야지. 죽기 전에 말이야."

솔직한 그의 대답에 이안은 내심 놀랐다.

백성들을 잘 살게 하거나 왕국을 잘 이끌겠다는 그런 허울 좋은 말이 아닌 본인의 욕심을 가식 없이 드러낸 것이다.

잠시 말이 없던 이안이 물었다.

"이런 말씀을 제게 해도 되는 겁니까?"

"왜, 왕성으로 달려가 나를 고발이라도 하겠다는 건가? 크하하하!"

허리에 손을 얹고 껄껄 웃던 보넌이 차가운 시선으로 이안을 응시했다.

"아더 왕의 총기가 흐려지면서 왕실은 이미 많이 부패했네. 왕성은 화려하지만 썩은 내가 나고 있어. 1왕자가 왕이 되면 그를 추종하는 부패한 관리들이 제 세상을 만난 듯 활개치고 다닐 거야. 1왕자의 모친이 믿는 사교가 왕실의 수호 종교가 될 것이고."

보넌은 왕실에 굉장히 비판적이었다.

"1왕자의 모친이 사교를 믿는다는 겁니까?"

다른 이야기와 달리 1왕자의 모친 이야기는 이안도 처음 들었다.

"무슨 종교기에 사교라고 칭하는 겁니까?"

"모르고 있었군. 하긴 소수의 사람만 아는 왕궁의 내밀한 이야기니까. 1왕자의 모친 엘리제 옆에는 피에테가 있네. 그 자는 자신이 신의 아들이라고 믿고 있지. 그래서 자신의 이름을 따 종교 이름도 피에테교라고 지었어. 20여 년 전 다른 왕국에서 수천 명의 사람들을 현혹시켜 호수에 빠트려 죽게 한 뱀 같은 놈일세."

"그런 자를 엘리제가 믿고 있단 말입니까?"

이안은 눈살을 찌푸렸다.

끔찍한 이야기였다. 수천 명을 익사시키는 교주라니.

"1왕자가 왕이 되면 엘리제 뒤에 숨어 있던 피에테가 전면에 등장할 거네. 그런 망할 자식이 만든 종교가 내가 속한 땅의 국교가 되는 건 지켜볼 수가 없어. 치욕적이야."

왕좌에 대한 욕심과는 별도로 보넌은 피에테에 대한 순수한 적의를 드러냈다.

'세상에 별 미친놈들이 많군. 그런데 어떻게 아더 왕의 후궁에게 접근한 거지? 그것을 두고 본 아더 왕은 또 뭐고?'

왕실의 어두운 면을 들여다본 것 같아 이안의 마음은 매우 불편했다.

'조셉 왕자도 피에테를 알고 있겠지?'

조셉 왕자 성격에 피에테를 그냥 두고 보는 것이 신기했다. 뭔가 다른 사정이 있을 것 같기도 했다.

이안은 보넌을 봤다. 그는 흔들리지 않는 눈빛으로 푸른 겨울 하늘을 올려다보고 있었다.

"내가 아니어도 롤만과 에뉴딘이 움직일 거네. 남부의 영주들이 지금의 영지를 유지하고 싶다면, 나를 돕는 게 현명한 선택일 거야."

"사슴 사냥에 초대된 다른 영주들에게도 이런 제안을 하셨습니까?"

"아니, 자네가 처음이야. 내 속마음을 꺼내 놓을 만큼 탐이 나는 사람이니까."

"절 너무 높이 평가하시는군요."

"그런가?"

보넌은 힐끔 이안을 쳐다봤다.

"내 눈에는 자네도 초강자 경지에 오른 것 같은데."

왕국에 초강자로 거론될 사람은 극소수였다.

"사람에 대한 탐욕은 실로 오랜만이야. 그래, 몇 년 전 이런 기분이 또 들긴 했지. 이안 영주에게는 미안한 말이지만, 샤르엘을 보고 첫눈에 마음에 들었어. 초강자는 아니지만 내 딸을 무척 사랑했거든. 마법도 쓸 만하고."

이안은 보넌이 샤르엘을 굉장히 신뢰한다는 것을 그의 표정을 보고 알 수 있었다.

'샤르엘이 보넌에게 간 건 그의 딸을 진짜 사랑해서인가?'

이안은 샤르엘에 대해 다시 한번 평가를 했다.

"아무튼 말이 길어졌군. 날 도와주겠나?"

대영주 보넌이 이렇게까지 길게 이야기를 하는 것은 매우 드문 경우였다. 그는 나름 이안을 존중해 주고 있었다.

이안도 그것을 느꼈기에 이 순간이 매우 부담이 되었다.

'젠장, 대놓고 거절할 수도 없고.'

여기서 거절을 하면 미운털이 박힐 것 같았다.

그렇다고 무턱대고 돕겠다고 할 수도 없었다.

잘랭이 성을 떠나기 전에 이런 상황이 올 수도 있으니 조심하라고 했는데, 딱 그 상황이다.

이안은 고심하는 척하며 뒤돌아섰다.

눈 덮인 백색의 숲을 한동안 응시하던 그는 몸을 돌려 보넌을 진지한 눈빛으로 봤다.

“대영주, 저는 명색이 개국공신 가문의 주인입니다. 왕실에 문제가 있다고 해서 어떻게 한순간에 이 자리에서 대영주를 돕겠다고 바로 결정을 내릴 수 있겠습니까? 가문의 기원과 시작이 바로 저 왕실의 출발과 함께하는데 말입니다. 저는 신중히 생각할 수밖에 없습니다. 그러니 제게 생각할 충분한 시간을 주십시오.”

“음, 시간을 달라?”

보넌은 턱을 매만졌다.

‘이 녀석이 가문의 명예를 소중히 여기긴 하지.’

그는 자신의 사위와 다투던 며칠 전 이안의 모습을 떠올렸다.

가문의 명예를 지키기 위해 우디차 가문과 일전도 불사하려고 했다.

나이는 어려도 소중한 것을 지키기 위해서 모든 걸 내던질 수 있는 기백이 있다.

억지로 자신을 도우라고 강요했다간 도리어 역효과가 날 수도 있었다.

“혹시 내가 자네의 선친에게 빚을 지게 만든 것 때문에 망설이는 건 아니겠지?"

"물론입니다. 그것과는 별개입니다. 하지만 솔직히 아쉬운 마음이 있긴 합니다. 돈을 갚는 것도 이자를 내는 것도 당연하겠지만, 그래도 대영주님의 초대를 받고 온 영주에게 도박으로 딴 돈이 아닙니까? 병사를 보내 이자까지 매년 꼬박꼬박 받아 가시는 건 아쉽습니다."

"그게 세상이네. 진 자는 할 말이 없어."

보넌이 냉정히 말했다.

'진짜 인정머리라고는 손톱만큼도 없네.'

그는 보넌과 손을 잡을 생각이 현재까지는 없었다. 그래서 말이 나온 김에 이자라도 어떻게 없애 볼까 했는데, 씨도 안 먹힐 것 같았다.

"좋아, 충분히 생각해 보게. 선택에 따른 결과는 이안 영주가 책임지는 것이니까."

뼈 있는 말을 한 보넌에게 이안은 담담히 답했다.

"제 입장을 이해해 주셔서 감사합니다, 대영주."

"그나저나 활이 그 모양이 돼서 사냥을 할 수 있겠나?"

눈썰미가 예리한 보넌은 이안의 활이 망가져 있는 걸 발견했다.

"괜찮습니다. 수하들이 여분의 활을 가지고 있습니다."

"오늘 몇 마리나 잡았지?"

"17마리 잡았습니다."

"나는 18마리를 잡았네. 사냥하지 않고 여기서 기다리지. 활을 교체해 오게."

보넌은 다시 사냥에 집중하는 사냥꾼이 되어 이안에게 손짓을 했다.

"그러지 않으셔도 됩니다. 저는 괜찮으니 사냥을 시작하시죠."

"나중에 후회하지 말게. 승부는 한 마리 차이로 결정될 수도 있으니까."

"문제 삼지 않겠습니다."

론도가 있는 곳은 여기서 제법 멀지만 눈 깜짝할 사이에 다녀올 수 있었다.

보넌은 두말 않고 언덕을 넘어 숲 북쪽으로 향했다.

쿵! 쿵!

보넌이 헐크처럼 도약할 때마다 땅이 흔들렸다. 보폭도 거의 10미터가 넘었다. 언덕을 뛰어 올라올 때 보폭이 칠팔 미터 정도였는데, 그것을 훨씬 앞지르는 넓은 거리였다.

보넌의 모습은 순식간에 이안의 시야에서 사라져 버렸다.

"어때 보여?"

이안이 옆에서 지켜보고 있는 블란조르에게 물었다.

-확실히 강한 녀석이다. 포스의 숙련도는 물론 활용 능력이 이미 상급에 올랐어.

"나와 비교하면? 나도 포스 잘 다루잖아?"

―너는 지구에서 내공이라는 것을 미리 배워서 그런지 몰라도 포스에 대한 감각이 뛰어나다. 성취도 말할 수 없이 빠르고. 하지만 저 녀석도 타고난 인재다. 게다가 미치도록 수련을 한 느낌도 전해지고. 세월이 그에게 완숙함까지 주었으니, 그 깊이에서 나오는 힘이 무척 대단할 것이다.

블란조르는 보넌의 포스 경지를 높이 평가했다.

"부담되는 인간이네. 젠장."

이안은 망가진 활을 잠시 내려다보다 고개를 들어 론도가 있을 숲 방향을 응시했다.

순간 그의 몸이 언덕에서 사라졌다.

'진짜 최선을 다하지 않으면 보넌에게 역전을 허용할 수도 있겠어.'

얼굴에 피 칠을 한 보넌이 사슴을 놀랍도록 빠르게 잡고 있었다.

워프 능력을 가지고도 이안은 17마리를 잡았는데, 그는 한 마리를 더 잡았다. 긴장하지 않으면 빚을 반으로 줄이는 꿈은 그야말로 꿈으로 끝날 상황이었다.

'헐크 같은 인간이라니. 빌어먹을.'

론도와 하르몬드는 이안이 유령처럼 갑자기 스윽 나타났지만 어색해하거나 놀라지 않았다. 며칠간 봐 온 모습이기 때문이다.

"여분으로 가지고 온 활 있지?"

은색 술잔

'사냥이 끝날 때가 되니 날씨가 좋아지는군.'

2층으로 된 나무 막사 난간에 기댄 서부 사령관 노셀은 빌레퍼숲을 보며 뜨거운 차를 마셨다.

날씨가 추워 뜨거웠던 차는 빠르게 식고 있었다.

'대영주께서 사슴을 얼마나 잡으실지 모르겠군.'

올해 처음 참석한 알베른 영주의 사냥 솜씨가 보통이 아니었다. 자칫, 대영주가 처음으로 사슴 사냥에서 우승을 놓칠 수도 있을 듯했다.

'놀라운 일이야.'

이안의 등장은 대영주의 독무대였던 사슴 사냥을 흥미진진하게 만들었다.

'설마 대영주께서 알베르 영주에게 지지는 않으시겠지?'

숲을 응시하던 그는 몸을 돌려 방 안으로 들어갔다.

탁자 위의 모래시계가 조금씩 모래를 아래로 떨어트리고 있었다.

모래시계의 모래는 이제 5분의 1 정도 남았다. 얼마 안 있으면 사냥이 종료된다.

노셀이 지루한 표정으로 모래가 떨어지는 장면을 응시하고 있을 때 그의 부관이 방 안으로 들어왔다.

"사령관님, 병사들이 주변을 서성이던 자들을 잡아 왔습니다. 한데, 그들의 신분이 좀 이상합니다."

"신분이 이상하다니?"

팔짱을 끼고 모래시계를 쳐다보던 노셀이 천천히 고개를 들어 부관을 봤다.

"자신을 테니마르의 영주라고 주장하는 자와 그를 호위하는 자들입니다."

부관의 말에 노셀이 깜짝 놀란 표정을 지었다.

테니마르 가문은 2백여 년 전 언데드 몬스터를 만들어 왕국을 혼란하게 만들었던 명예롭지 못한 가문이다.

"테니마르의 영주가 확실한가?"

"그들은 그렇게 주장을 하고 있습니다. 다만 그 행색이 굉장히 초라하고 호위라고는 달랑 세 명을 거느렸을 뿐입니다. 영주라기보다는 몰락한 떠돌이 귀족이라고 봐도 무방할 정도입니다. 어떻게 할까요?"

영주를 사칭하는 것은 참수형에 처할 중죄다.

잠시 고민하던 노셀은 손짓을 했다.

"영주라고 주장하는 그 녀석만 데리고 와 봐."

"예! 사령관님!"

얼마 후 막사 밖이 소란스러워지더니 병사들이 양손이 결박된 중년인을 2층 막사 방 안으로 끌고 들어왔다.

의자에 앉아 있던 노셀이 물끄러미 중년인을 응시했다.

잡힐 때 고초를 당했는지 머리는 산발되고 입술은 찢어져 있었다. 얼굴 곳곳에 멍도 있었다.

하지만 그 와중에도 허리를 꼿꼿하게 세운 모습이었다.

"이름이?"

"카리올 테니마르."

"테니마르의 영주라고?"

"그렇소."

카리올은 분한 얼굴로 답했다.

그는 아무런 대항도 하지 않았는데, 보넌의 병사들에게 일방적으로 얻어맞고 질질 끌려왔다.

수상한 자가 아니라 테니마르의 영주라고 아무리 고함을 쳐도 들은 척도 안 했다.

"영주라는 것을 증명할 증거는? 반지 같은 거라도 있나?"

노셀은 반신반의하며 증거를 요구했다.

테니마르 가문의 영주가 갑자기 이곳에 나타난다는 것은 정말 생뚱맞은 일이었다.

그는 사슴 사냥에 초대된 적도 없다.

"아쉽게도 영주의 반지는 내가 성을 떠날 때 자식에게 주고 왔소."

카리올은 이번 여행길에 자신의 목숨이 위험할 수도 있다는 판단 아래 가문의 반지를 자식에게 넘겨주고 온 상태였다.

"반지가 없으면 무엇으로 증명하겠다는 거지?"

"내 병사들에게 물어보시오. 그들은 어려서부터 테니마르에서 자랐으니까."

"당신과 함께 온 자들의 말을 믿으라고?"

노셀은 피식 웃으며 찻주전자를 들었다.

"내가 왜 영주를 사칭하겠소? 뻔히 들통 날 일을?"

찻잔에 차를 채우던 노셀은 차가운 시선으로 카리올을 노려봤다.

카리올의 눈빛은 한 점 흔들림이 없었다.

노셀은 차를 반쯤 채우고 찻주전자를 화로 옆에 내려놨다.

"좋소, 당신이 진짜 영주라고 칩시다. 이곳엔 왜 온 거요?"

"대영주님과 여러 영주들에게 할 말이 있어서요."

"무슨 말?"

"미안하지만 당신은 누구요? 먼저 신분을 알고 싶소."

"나는 보넌 대영주를 섬기는 서부 사령관 노셀이오."

생각보다 높은 신분이었다.

잠시 망설이던 카리올은 베니농의 트리시아 상단에게 사기를 맞은 일을 짧게 설명했다.

노셀에게 사실대로 말하지 않고는 영주들을 만나는 것은 어려워 보였다.

"기가 막히는군. 그따위 일을 해결해 달라고 감히 초대장도 없이 이곳을 찾아왔다는 건가?"

노셀은 노한 얼굴로 의자에서 일어나 카리올 앞에 섰다.

카리올은 왕국에서 제일 작은 영지의 주인이다.

정규병은 50명도 안 되고 마을은 열 개 정도밖에 되지 않는다.

보넌이 입김 한 번 불면 모조리 날아가 없어질 영지다.

아니, 구태여 보넌이 아닌 다른 영주라도 마음만 먹으면 왕국에서 사라지게 만들 수 있었다.

"돌아가시오. 이곳은 당신 같은 사람이 올 곳이 아니니."

"노셀 경, 부탁하겠소. 대영주님과 영주들을 만날 수 있게 기회를 주시오."

"부끄러움도 모르는 자군. 당신 영지의 일을 어찌 여기서 해결 보려 하는가! 이곳은 당신의 넋두리를 들어 주는 장소가 아니야. 대영주님이 주최한 사슴 사냥 장소지!"

매몰차게 소리친 노셀은 더 들어 볼 것도 없다는 듯 병사들에게 지시를 내렸다.

“멀리 쫓아내라!”

카리올은 병사들에게 끌려 나가며 노셀의 이름을 애타게 불렀다.

“노셀 경! 노셀 경! 잠깐이라도 좋으니 제발 대영주님과 영주들을 만날 수 있게 해 주시오!”

“고이 보내 주는 것을 다행으로 아시오.”

차가운 표정으로 말을 하던 노셀의 눈빛이 흔들렸다.

병사들에게 끌려 나가던 카리올이 온몸으로 병사들을 밀쳐 내더니 그 자리에서 무릎을 꿇은 것이다.

“날 욕해도 좋소. 하지만 4만 금화는 영지민들의 희망이자 생명 같은 돈이오. 대영주님에게 벌을 받아도 좋으니, 제발 한 번만 만날 수 있게 도와주시오.”

카리올은 영주라는 자존심을 버리고 노셀에게 기회를 달라고 무릎을 꿇고 애원을 했다.

“음…….”

머리가 반쯤 벗겨진 노셀은 손으로 반들거리는 머리를 매만졌다.

“짜증 나는군.”

나무 막사 앞 모닥불 주위로 열세 명의 영주들이 모여 있었다.

사슴 사냥은 끝이 났고, 그들은 아직 도착하지 않은 보넌과 이안을 기다리고 있는 중이었다.

다른 해와 달리 올해 사슴 사냥은 우승자가 누구일지 끝까지 긴장을 풀 수 없는 상황이 됐다.

바로 이안 때문이었다.

'빌어먹을. 그 녀석이 우승하면 안 되는데. 마리가 화를 내며 또 나를 괴롭힐 텐데.'

카드레체는 사냥에서도 두각을 나타내는 이안이 못마땅했다.

오늘 결과에 따라 이안이 우승을 할 수도 있다.

'저자들은 어쩌다 이안과 가까워진 걸까?'

카드레체는 모닥불 왼편에 서 있는 무르와 로링겐을 힐끔 쳐다봤다.

며칠 전 만찬장에서도 그렇고 사냥 기간 중에도 그렇고 저들은 이안과 붙어 다녔다.

'똑같은 자들이야.'

이안이나 무르나 그는 다 마음에 들지 않았다.

모닥불 앞으로 걸어 나간 그는 이안과 보넌을 기다리는 영주들에게 큰 소리로 말을 했다.

"잠시 내 말에 귀를 기울여 주시오!"

영주들이 쳐다보자 그는 헛기침을 가볍게 했다.

"앞으로 디놀리아강에서 우디차 가문은 강 통행세를 걷지 않을 예정이오. 여러 영주들의 의견을 본인이 깊이 숙고하여 받아들였으니, 영주들은 우디차 가문의 결정이 늦었다고 너무 서운해하지 마시오."

무르나 로링겐처럼 우디차 가문의 수역을 지나치지 않는 영주들은 별 반응이 없었지만, 그동안 돈을 냈던 영지의 영주들은 크게 반겼다.

"역시 카드레체 영주요!"

"별말씀을. 조금 더 일찍 세금을 없애지 못한 게 아쉬울 뿐입니다, 하하하."

"지랄을 하는군. 뻔뻔하게 자기가 돈을 걷었으면서 이제 와서 세금을 빨리 없애지 못한 게 아쉽다라니. 유령이 돈을 걷었나?"

잘생긴 얼굴로 활짝 웃던 카드레체는 인상을 구기며 옆을 쳐다봤다.

"무르 영주! 말이 심하시오!"

"뭐, 그래서 어쩐다고?"

어깨 넓이로 다리를 벌리고 서 있던 무르가 팔짱을 낀 자세로 턱을 치켜세웠다.

우디차 가문보다 병사 수나 재력은 달릴지 모르지만, 무르는 왕국 제일이라는 몽페르도 기병대를 소유한 강자다.

"내가 틀린 말 했나? 게다가 세금을 없앤 것도 알베른 영주에게 개망신을 당하니까 없앤 거잖아."

"그게 무슨 말씀입니까? 알베른 영주가 이 일과 무슨 관련이 있습니까?"

영주들이 무르를 일제히 쳐다봤다.

영주들은 아직 디놀리아강에서 벌어진 사건을 전해 듣지 못한 상태였다.

"얼마 전 우디차 가문의 해군이 강에서 이안 영주에게 버릇없이 세금을 걷다 배를 세 척 잃고 지휘관은 사과까지 하는 일이 벌어졌었소! 한데 저 뻔뻔한 카드레체 영주는 오히려 이안 영주에게 잘못을 뒤집어씌우다가 대영주에게 질책을 받았지. 그래서 이렇게 급히 세금을 없애 준다고 선언을 하는 거요. 그래야 덜 망신스러우니까."

영주들은 작은 영지의 주인인 이안이 우디차 가문의 배를 부수고 카드레체와 대립했다는 사실에 깜짝 놀랐다.

"닥쳐! 무르!"

화가 난 카드레체가 얼굴이 벌게진 채 소리쳤다.

"너나 닥쳐, 이 새끼야!"

"뭐라고! 이런 막돼먹은 자 같으니!"

10여 년 전 두 사람은 마리를 사이에 두고 경쟁하던 관계

였고, 그 앙금은 지금도 이어지고 있었다.

물론, 무르는 마리와 결혼 안 한 것을 신께 감사하며 살고 있는 중이었지만.

"디놀리아강의 세금은 그 일과 무관하게 없애려고 했다!"

"그 말을 믿으라고?"

무르는 콧방귀를 뀌었다.

카드레체는 이를 갈며 주위를 돌아봤다.

여러 영주들이 자기들끼리 속닥이는 게 보였다.

'저 빌어먹을 개자식 때문에 영주들이 나를 우습게 보겠군.'

무르의 주둥이를 불로 지져 버리고 싶었다.

"저기 대영주께서 오시는군."

사람들의 시선이 숲 방향으로 향했다.

해가 거의 기울어져 어두컴컴해진 공기를 보넌의 친위대들이 횃불로 밀어내며 달려오고 있었다.

추운 날씨에도 꼼짝 않고 숲 외곽에 버티고 있던 수많은 친위대들이 좌우로 갈라지자 보넌이 말을 몰아 앞으로 나왔다.

얼굴과 상체에 피를 잔뜩 묻힌 보넌의 모습에 영주들은 흠칫했다.

"이안 영주는 아직 오지 않았나 보군."

"그렇습니다, 대영주님."

한쪽에 서 있던 노셀이 다가와 답했다.

말에서 내린 보넌은 모닥불을 등지고 서 있는 영주들을 둘러봤다.

"얼굴들이 다들 긴장해 있군. 내 얼굴이 이래서 그런 것인가? 걱정들 마시오. 즐겁게 사냥하기 위해서 내 나름의 의식을 치른 것이니까."

사람들은 보넌이 사슴을 얼마나 잡아 왔는지 궁금해했다. 그리고 잠시 후 그 결과에 놀라지 않은 사람이 없었다.

무려 27마리나 잡아 온 것이다.

'이게 진짜 사냥 실력이었나?'

로링겐 영주는 충격받은 눈빛으로 보넌을 응시했다.

이 정도면 단순히 활 솜씨만 좋다고 해서 잡을 수 있는 영역을 한참이나 벗어난 수준이다.

어제 19마리를 잡은 이안이 과연 저 놀라운 숫자를 뛰어넘을 수 있을지 로링겐은 침이 마를 만큼 궁금해졌다.

마음속으로야 이안이 이겼으면 했지만, 27마리의 벽은 너무도 높아 보였다.

'최소한 26마리는 잡아 와야 3일 합산해서 우승을 차지할 수 있을 텐데.'

사람들은 숨죽이며 이안이 돌아오기를 기다렸고, 마침내 보넌이 돌아온 지 얼마 되지 않아 이안이 그 모습을 드러냈다.

“제가 가장 늦었군요. 기다리게 해서 죄송합니다.”

“괜찮네. 얼핏 봐도 상당히 많아 보이는군.”

보넌은 여러 마리의 짐말도 부족해 호위들의 말 등에까지 실린 사슴들을 보며 살짝 눈썹을 꿈틀거렸다.

“뭣들 하느냐. 어서 사슴 수를 세어라!”

노셀이 병사들을 채근했다.

보넌의 병사들이 이안이 사냥해 온 사슴을 빠르게 확인했고, 그 결과에 다들 입을 다물지 못했다.

“서, 서른두 마리입니다.”

환호성을 지를 준비를 했던 보넌의 병사들은 무거운 표정을 지었다.

모닥불 주변은 무덤가처럼 아주 고요해졌다.

대영주가 사슴 사냥에서 진 것이다.

그뿐만 아니라 한 번도 내기에서 진 적이 없다던 그의 불패 신화도 마침내 깨졌다.

타닥타닥.

모닥불 속에서 나무 타는 소리만 요란하게 들렸다.

한동안 말이 없던 대영주는 천천히 몸을 돌려 이안에게 다가갔다.

“최선을 다했습니다. 그리고 그것이 대영주에 대한 예의인 것 같기도 하고 말입니다.”

이안이 우승한 것에 대해 우쭐해하지 않으며 담담히 자신의 마음을 밝혔다.

"졌네. 자네가 이겼네."

내기에서 진 것은 뼈아프지만 진 것은 진 것이다.

그는 최선을 다했다.

솔직히 오늘은 이길 줄 알았다. 그러나 이렇듯 예상을 벗어나는 일도 있다.

"약속대로 빚을 반으로 줄여 주지. 우승 상금인 3만 금화도 자네 것이야."

"감사합니다, 대영주."

이안은 기쁜 얼굴로 답했다.

전대 영주가 진 도박 빚을 이렇게라도 갚게 돼서 정말 다행이었다.

'이제 20만 금화도 안 남았군.'

보넌은 이안의 팔을 잡고 위로 들어 올렸다.

"올해 사슴 사냥 우승자는 알베른의 이안 영주다! 모두 기뻐해라!"

대영주가 큰 목소리로 외치자 보넌의 병사들이 환호성을 질렀고, 영주들도 박수를 쳐 줬다.

'우려하던 일이 현실이 됐군. 앞으로 저 녀석 명성이 내 이름보다 앞서게 생겼어.'

카드레체는 보넌에게 이안이 인정받는 모습에 분통이 터졌다.

"하르몬드, 저 모습을 좀 보게. 이게 꿈은 아니겠지? 영주님이 대영주를 제치고 우승을 했어."

론도는 감격한 얼굴로 박수를 힘 있게 쳤다.

"영원히 이 장면을 잊지 못할 것 같아."

하르몬드는 벅찬 얼굴로 보넌과 어깨를 나란히 하고 서 있는 영주의 모습에서 눈을 떼지 못하고 있었다.

'3일간 고생은 했지만 보람은 있군.'

이안은 론도와 하르몬드, 그리고 호위 병사들이 뛸 듯이 기뻐하는 모습을 보며 담담히 미소를 지었다.

"다시 한번 축하하네."

"감사합니다, 대영주."

보넌이 잡고 있던 이안의 손을 내리고 뒤돌아섰다.

"술을 돌려라."

병사들이 크고 화려한 은색 잔에 술을 담아 공손히 영주들에게 두 손으로 술잔을 바쳤다.

술잔이 매우 커서 일반적인 술잔의 서너 배는 되어 보였다.

"아쉽지만 이렇게 올해의 사슴 사냥도 끝이 났군. 재미들 있었소?"

"그렇습니다, 대영주."

"올해는 여기 이안 영주가 등장해 나를 이기는 바람에 즐거움이 배가된 것 같소. 축하주를 드십시다."

바로 옆에 서 있는 이안을 다시 한번 치켜세워 준 보넌은 술잔을 높이 들었다.

영주들이 이안에게 술잔을 내미는 시늉을 한 뒤 각기 술을 한 모금씩 했다.

"우리 남부 지역의 영주들은 다른 지역의 영주들과 달리 매년 이렇게 얼굴을 보며 서로 간의 유대를 강화하고 있소. 바쁜 영주들이 먼 거리를 와 주는 수고로움이 왜 없다 하겠소? 하지만 이런 만남을 통해 갈등도 해결하고 서로를 이해할 수 있으니, 결코 시간 낭비라고 생각하지 마시오."

"물론입니다, 대영주."

"자, 그럼 푹 쉬고 내일 저녁 별장 연회장에서 다시 봅시다."

내일 연회를 끝으로 모든 일정이 끝이 난다.

들판 숙영지의 병사들에게는 돼지와 술이 하사된다.

술잔을 비우려던 보넌 옆으로 노셀이 빠르게 다가왔다.

"대영주님, 드릴 말씀이 있습니다."

입가에 가져가던 술잔을 밑으로 내린 보넌이 노셀을 돌아봤다.

"뭔가?"

"테니마르의 영주가 이곳에 와 있습니다. 쫓아내려 했는데 죽어도 좋으니 대영주님과 영주들 앞에서 꼭 하고 싶은 말이 있다고 해서 그를 쫓아내지 못했습니다. 어떻게 할까요?"

노셀이 낮은 목소리로 보넌의 의향을 물었다.

"음."

보넌의 눈빛이 날카로워졌다.

2백 년 전 테니마르 가문이 만든 언데드 몬스터는 왕국에 전례 없는 큰 혼란을 일으켰었다.

피해도 컸다.

그로 인해 테니마르의 영지는 작아졌고 교류하는 영주들도 없다.

왕국 속에 작은 섬이 된 것이다.

보넌이 굳은 얼굴로 노셀과 뭔가 얘기를 나누는 모습에 흩어지려던 영주들은 제자리를 지켰다.

'카리올이 왔다고?'

보넌의 바로 옆에서 술을 마시던 이안은 노셀의 보고를 자연스럽게 듣게 되었다.

사냥 때문에 카리올을 잊고 있었는데, 그가 진짜 이곳에 온 것이다.

눈동자만 움직여 주변을 훑어보던 이안의 시선이 얼마 떨어지지 않은 나무 막사로 향했다.

'저 막사 안에 있는 건가?'

이안이 오면서 만난 카리올의 얼굴을 떠올릴 때, 보넌이 쇳소리가 섞인 굵은 목소리로 노셀에게 말했다.

"데리고 와."

나무 막사에서 병사들에 둘러싸여 걸어 나온 카리올은 모닥불 앞에 모여 있는 대영주와 영주들의 기세에 몸이 절로 움츠러들었다.

그나마 안면이 있는 이안이 미소를 지은 채 바라봐 주고 있어서 왠지 힘이 됐다.

바람이 불어 카리올의 머리카락이 좌우로 흔들렸다.

"테니마르 가문의 영주 카리올이라고 합니다, 대영주님."

정중히 대영주에게 먼저 인사를 한 카리올은 대영주를 중심으로 반원 형태로 도열해 있는 14명의 영주들에게도 일일이 인사를 했다.

하지만 분위기는 싸늘해 인사를 마친 카리올은 더 긴장이 됐다.

무표정한 얼굴로 카리올을 응시하던 보넌이 입을 열었다.

"카리올 영주, 이곳은 초대받은 영주들의 자리다."

"허락 없이 찾아와 죄송합니다, 대영주님. 하지만 이 자리가 아니면 대영주님과 다른 영주들을 만나기 어려울 것 같았습니다. 부디 너그러이 용서해 주십시오."

잠시 말이 없던 보넌이 손짓을 했다.

"짧게 시간을 주겠다. 하고 싶은 말이 있다면 최대한 줄여 말하도록."

"감사합니다, 대영주님."

대영주의 허락이 떨어지자 카리올이 흰 입김을 뿜어내며 자신의 영지와 트리시아 상단의 부단주 사이에 있었던 일을 빠르게 설명했다.

많은 영주들의 시선을 한 몸에 받는 자리는 카리올을 떨리게 했고, 이야기를 할수록 카리올은 숨이 가빠 왔다.

하지만 할 이야기는 무사히 마쳤다.

"그래서 여기까지 찾아온 것입니다. 저 혼자 힘으로는 베니농의 트리시아 상단을 상대할 수가 없습니다. 제발 도와주십시오. 부탁드리겠습니다."

카리올이 윗사람을 대하듯 대영주와 영주들에게 허리를 깊숙이 숙이고 도움을 요청했다.

"할 말은 그게 다인가?"

"그렇습니다, 대영주님."

차가운 대영주의 목소리에 카리올은 긴장한 채 답했다.

"영주들은 어찌 생각하는가?"

"이것은 그와 트리시아 상단의 문제라고 생각합니다. 왜 우리가 이 자리에서 이런 말을 들어 주고 해결해 줘야 하는지 이유를 모를 정도입니다."

필라슈가 한 발 나서서 큰 소리로 말했다.

그는 손가락을 들어 카리올에게 삿대질을 하며 계속 말했다.

"여기가 감히 어디라고 찾아와서 한심한 소리를 지껄이는 거냐! 썩 너의 영지로 돌아가라! 이 더러운 가문아!"

"필라슈 영주의 말이 옳습니다. 그리고 저자의 말을 어떻게 믿겠습니까? 증거라고는 빈 계약서가 유일한데, 설사 사실이라 해도 우리가 나서는 건 안 된다고 생각합니다. 테니마르 가문이 아닙니까?"

긴 세월이 흘렀지만 대다수 영주들은 여전히 테니마르 가문에 대해 부정적이었고, 그들의 일에 개입하는 것 자체를 싫어했다.

심지어 무르나 로링겐도 이번 일엔 별다른 말 없이 함구하고 있었다.

'좋은 소리 하는 사람이 단 한 명도 없군. 이럴 줄 알았다니까.'

이안은 울 것 같은 표정으로 서 있는 카리올을 보며 손에 쥔 은색 술잔을 비웠다.

테니마르 가문과 영주들 사이의 벽은 높고도 높아 보였다.

"그만."

여기저기서 터져 나오는 영주들의 비난을 말 한마디로 잠재운 보넌이 카리올을 똑바로 응시했다.

"날 보게, 카리올."

영주들의 비난에 고통스러운 눈빛으로 시선 둘 곳을 찾지 못하고 서 있던 카리올이 대영주를 봤다.

“무릇 영주란 자신의 결정을 스스로 책임질 줄 알아야 하네. 영지를 파국으로 이끌어도 누군가를 탓할 수 없는 거야. 저기 알베른 영주를 보게. 그는 선친의 빚을 갚기 위해 몸부림치고 있네. 그러면서도 당당하지.”

‘내 이야기는 여기서 왜 꺼내는 거야? 갚고 싶어서 갚는 것도 아닌데.’

이안은 어색하게 헛기침을 했다.

“자네는 우리를 찾아와 이렇게 비굴하게 애원할 게 아니라 트리시아 상단을 직접 찾아가 그 앞에서 영주로서 위엄을 보였어야 해. 그것이 영주야.”

보넌은 술이 가득 담긴 술잔을 들고 카리올에게 천천히 다가갔다.

“이 술잔을 받고 돌아가게.”

카리올의 손에 은색 술잔을 쥐여 준 보넌이 말에 올랐다.

“가자.”

보넌이 친위대를 이끌고 자리를 벗어나자 영주들도 기다렸다는 듯이 자리를 떠났다.

그들은 카리올을 거들떠도 보지 않았다.

“이안 영주, 우승을 축하하오. 정말 대단했어! 대영주와의 내기에서 이기다니.”

흩어지는 영주들 사이로 무르와 로링겐이 이안에게 다가왔다.

조금 전까지 대영주가 바로 옆에 있어서 지금에서야 그들은 이안과 제대로 말을 할 수 있었다.

카리올을 묵묵히 바라보던 이안이 고개를 돌려 무르와 로링겐을 쳐다봤다.

"감사합니다. 두 분이 열심히 응원해 주신 덕분입니다."

"대영주가 승부욕이 굉장한 사람이거든. 내심 적지 않게 당황했을 거야, 하하하."

무르는 껄껄 웃었고, 로링겐은 흐뭇한 표정으로 흰 수염을 훑어 내렸다.

"오늘도 사슴을 나누어 드리겠습니다."

"사양하지 않겠소. 내 수하들이 목을 빼며 영주가 잡은 사슴을 기다리고 있을 테니까 말이오."

무르는 이안이 잡은 사슴을 수하들에게 베풀고 인기를 얻는 중이었다.

귀한 빌레퍼 사슴 고기는 지금이 아니면 평생 먹을 수 없었기 때문이다.

"이안 영주가 없을 때 카드레체가 강의 세금을 받지 않겠다고 영주들에게 떠들더군. 그래서 내가 이안 영주가 강에서 벌인 일을 아주 시원하게 까발려 줬지. 녀석이 흥분해 길길이 날뛰더군."

"그런 일이 있었습니까? 그냥 놔두시지 그랬습니까."

이안이 빙그레 웃었다.

"놈을 골려 줄 수 있는데 그냥 지나칠 수 없지."

장난스럽게 말을 한 무르는 수하들이 사슴을 챙겨 떠날 준비를 마치자 말에 올라탔다.

로링겐 영주는 이미 말에 오른 상태였다.

"오늘은 두 분 먼저 가십시오. 저는 나중에 가겠습니다."

이안이 어둠이 깔린 빌레퍼숲을 지그시 응시하며 말했다.

"숲 앞에서 우승의 여운을 즐기는 것도 필요하겠지. 천천히 만끽하시오. 내일 연회장에서 봅시다."

무르와 로링겐은 낮게 웃으며 수하들과 함께 사라졌다.

숲을 보던 이안이 잠시 후 몸을 돌려 모닥불을 향해 걸어갔다.

보넌이 준 술잔을 들고 카리올이 무거운 얼굴로 서 있었다.

"일이 이렇게 돼서 실망스럽겠군요."

"어쩔 수 없지요. 누굴 탓할 입장도 아니고. 어쩌겠습니까?"

쓴웃음을 지은 카리올은 커다란 술잔의 술을 쉬지 않고 단숨에 비웠다.

조금 전 영주들 앞에서 연약해 보이던 모습과는 전혀 다른 일면이었다.

"대영주의 말이 맞습니다. 이렇게 비굴하게 찾아오는 게 아니었습니다. 무릎까지 꿇고 애원을 하는 내가 얼마나 한심하던지.”

자조 섞인 말을 한 그는 이안을 부드러운 시선으로 바라보며 말했다.

“고맙습니다. 이렇게 말이라도 걸어 주니.”

“별말씀을. 앞으로 어떻게 할 생각입니까?”

“돈은 포기하겠습니다. 대신 그놈을 죽일 생각입니다.”

단호한 그의 말에 이안이 살짝 놀랐다.

“상단의 부단주를 죽이겠다는 말씀입니까?”

“그렇습니다. 더 이상 잃을 것도 없습니다.”

카리올은 빈 술잔을 주변에서 그를 감시하는 보넌의 병사에게 넘겨줬다.

“내 호위들은 언제 오는 건가?”

“조금만 기다리십시오. 곧 여기로 올 겁니다.”

카리올은 끌려간 그의 세 호위 병사들을 기다리고 있는 중이었다.

‘악밖에 안 남았군.’

돈도 돈이지만 영지민들의 희망을 농락한 자에 대한 분노였다.

솔직히 돈을 회수하기란 현실적으로 어렵다.

사기를 당했다는 증거가 남아 있지 않았다. 유일한 증거인 계약서는 빈 종이가 돼 버렸고.

상단 부단주가 자발적으로 사실을 인정하고 돈을 토해 내지 않는 한 그걸로 끝이다.

카리올도 이 사실을 충분히 알고 있었다.

그리고 그는 이제 부단주에게 죽음을 내리겠다고 벼르고 있었다.

"이런! 내 생각만 하고 있었군요. 늦었지만 사슴 사냥 우승자가 되신 걸 축하드립니다."

나무 막사에 있었던 카리올은 이안이 우승자가 되어 사람들의 환호성과 박수갈채를 받는 것을 지켜봤었다.

부럽기도 했고, 한편으론 자신에게 호의를 베풀어 준 알베른 가문의 영주가 잘되는 모습이 기쁘기도 했다.

영주로서 편견 없이 대해 준 사람은 이안이 유일했기 때문이다.

"꼭 빚을 다 갚고 부유한 영주가 되세요."

그의 말이 재밌었는지 이안은 소리 내어 가볍게 웃었다.

"고맙습니다."

웃음을 그친 이안이 얻어맞은 흔적이 역력한 카리올의 얼굴을 물끄러미 바라보다 물었다.

"오늘 밤 잘 곳은 있습니까?"

"영주님은 이런 기쁜 날 테니마르의 영주를 왜 데리고 온

거야?"

재무관은 못마땅해하며 영주의 막사를 쳐다봤다.

모두의 예상을 깨고 영주가 대영주를 내기에서 이겨 버렸다.

빚이 반으로 줄어든 것은 환영할 만한 일이었지만, 사람들이 기피하는 테니마르 가문의 영주를 숙영지까지 데리고 와 잠자리를 제공하는 영주의 행동은 이해를 못 하겠다.

'혹시 테니마르 가문에서 뭐 빼먹을 거라도 있나?'

카리올은 정신없이 사슴 고기를 집어 먹었다.

체면 차리기에는 배가 너무 고팠다.

그는 호위 병사들과 새벽 내내 추위에 떨다가 빌레퍼숲 근처에서 잡혔다.

하루 종일 굶은 그는 잘 구워진 사슴 고기를 먹다가 문득 맞은편에 앉아 있는 이안을 응시했다.

'천사가 있다면 이런 모습일까?'

담담히 미소를 지으며 술만 마시고 있는 이안의 몸에서 광채가 뻗어 나오는 것 같았다.

착각이겠지만 이 순간만큼은 사실처럼 느껴졌다.

"정말 고맙습니다, 이안 영주. 모두들 날 업신여기고 자리도 함께하기를 꺼려 하는데…….”

이안의 배려로 그는 물론 호위 병사들까지 하룻밤을 지낼 장소를 얻었고 푸짐한 식사까지 제공받고 있었다.

귀밑머리가 희끗한 카리올은 감동받은 눈빛을 보냈다.

“별것 아닙니다. 부담 갖지 마시고 편하게 드십시오.”

대영주는 카리올이 영주답지 않다고 한 소리 했지만, 오히려 이안은 반대로 생각했다.

카리올이 취할 수 있는 가장 용감한 행동이 이 이상으로 뭐가 있을까 싶었다.

그는 목숨을 걸고 여기까지 찾아온 것이다.

죽음을 각오하고 온 그가 어렵게 머리를 숙인 것을 비굴하다고 평가하면 너무 가혹해 보였다.

‘따뜻한 밥 한 끼는 먹여 보낼 수도 있잖아? 냉정한 인간들.’

술잔을 비운 이안은 음식을 입에 넣고 우물거렸다.

“트리시아 상단이 꽤 큰 걸로 알고 있습니다. 그곳의 부단주면 상당한 자일 것 같은데, 죽일 수 있겠습니까?”

“당장 죽일 생각은 없습니다. 3년 정도를 내다보고 있습니다.”

“예? 3년 뒤라고요?”

음식을 우물거리던 이안이 음식을 꿀꺽 삼키고 놀란 눈빛으로 카리올을 쳐다봤다.

"검을 놓은 지 십수 년이 넘었습니다. 3년 정도 수련을 하면 예전의 검술 실력이 다시 살아나겠지요. 실력이 더 나아질 수도 있고."

"직접 손을 쓸 생각입니까?"

"예. 그자는 반드시 내 손에 죽게 될 겁니다. 3년 뒤든, 5년 뒤든."

카리올이 차가운 눈빛을 발산했다.

이안은 고개만 끄덕일 뿐 별말이 없었다.

접시에 담긴 사슴 고기를 거의 비운 카리올은 이안의 침대 옆에 거치된 검을 바라봤다.

화려하지 않은 평범한 검집과 검이다.

'이안 영주는 얼마나 강한 사람일까? 대영주와 경쟁해 사슴 사냥에서 이길 정도면, 활 솜씨는 물론이고 다른 능력도 대단할 것 같은데.'

"무슨 생각을 하는 겁니까?"

음식을 먹다 검을 멍하니 바라보고 있는 카리올에게 이안이 웃으며 물었다.

"아, 실례했습니다."

얼굴을 살짝 붉힌 카리올이 접시에 남은 음식을 비웠다.

"훌륭한 식사였습니다, 이안 영주."

"더 드시겠습니까? 고기는 많습니다."

"아니 됐습니다. 정말 배불리 먹었습니다."

카리올이 웃으며 배를 두드리는 시늉을 했다.

그는 원래 유쾌한 성격인 듯 미소가 상당히 자연스러웠다.

"그럼 병사를 시켜 주무실 곳으로 안내해 드리겠습니다."

이안은 저녁을 먹기 전 재무관이 자던 막사를 비우라고 지시를 내려놨다.

재무관은 그 때문에 투덜거렸지만 이안은 모른 척했다.

"저, 잠시만."

이안이 막사 밖의 병사를 부르려 하자, 카리올이 급히 말을 했다.

"무슨 하실 말씀이라도?"

"그것이……."

한동안 머뭇거리던 카리올은 술잔을 채워 단숨에 비웠다.

술기운의 도움을 받아서라도 어려운 말을 꺼내려는 것 같았다.

'무슨 얘기를 하려고 이렇게 뜸을 들이는 거지? 설마 돈을 빌려 달라는 얘기는 아니겠지?'

카리올이 아무리 사정이 궁해도 빚은 없다. 하지만 이안은 아직 갚아야 할 큰돈이 남아 있었다.

'양심이 있으면 내게 돈을 빌리지는 않겠지. 아니면 상단 부단주 이야기인가?'

이안이 이런저런 생각을 할 때 카리올이 조심스럽게 말문을 열었다.

"이안 영주, 내 말이 어떻게 비칠지 심히 걱정이 되지만 그래도 이 말을 하지 않고는 오늘 밤 잠을 자기 어려울 것 같아 꺼내는 얘기입니다."

"편하게 말씀해 보세요."

이안은 돈 얘기만 나오지 않기를 바랐다. 기껏 좋은 분위기를 망치기 싫었기 때문이다.

"그럼 말씀드리겠습니다. 우리 영지에 언데드 몬스터가 2백 년간 점령하고 있는 금광이 하나 있습니다."

"언데드 몬스터가 금광을 점령하고 있다고요?"

이안은 살짝 놀라며 카리올을 쳐다봤다.

"예. 수십 마리가 남아 있는데, 녀석들 때문에 2백 년간 그 금광을 전혀 사용하지 못하고 있습니다. 놈들이 없을 당시엔 1년에 10만 금화 상당의 금 생산량을 자랑했던 좋은 금광입니다."

"아깝겠군요, 1년에 10만 금화라니."

괜찮은 금광 하나만 있어도 영지의 재정 상태가 좋아진다.

특히 테니마르처럼 작은 영지에는 그야말로 축복 같은 금광일 것이다.

"그 몬스터들은 2백 년 전의 그 언데드 몬스터들입니까?"

눈치 빠른 이안이 물었다.

카리올은 씁쓸하게 웃으며 고개를 끄덕였다.

"그렇습니다. 지카롤 영주가 만든 언데드 몬스터 중 일부죠."

"당시 분위기라면 금광의 몬스터들도 한꺼번에 정리했을 것 같은데, 왜 남겨 둔 겁니까? 왕실의 병사들과 영주들의 병사들이 테니마르 영지를 뒤덮었다고 들었는데 말입니다."

2백 년 전, 수만 마리나 되는 언데드 몬스터들과 전쟁을 치르기 위해 20만 명이 넘은 병사들이 테니마르로 몰려들었다고 하니 그 싸움의 치열함을 짐작케 했다.

"금광의 몬스터들은 나중에야 나타난 겁니다. 그때는 이미 전쟁이 끝난 3년 뒤여서 파견 나와 있던 왕실의 병사들도 모두 돌아간 상황이었죠. 그래서 우리 선조들은 얼마 안 남은 병사들로 금광을 지키기 위해서 몬스터들과 싸웠습니다. 전쟁으로 테니마르 영지는 멀쩡한 마을이 한 군데도 남아 있지 않아서 이 금광의 금이 반드시 필요했거든요."

"음, 그렇겠군요."

전쟁이 끝난 직후의 그 시점이 어떻게 보면 가장 힘들었던 시기일 수도 있다.

복구의 시기였기 때문이다.

'언데드 몬스터를 이용하던 테니마르 가문이 반대로 언데드 몬스터와 싸우게 됐군.'

이안이 알기론 언데드 몬스터를 만들어 왕국과 전쟁을 벌인 지카롤 영주는 동생의 손에 의해 죽고, 그 동생이 새로운 영주가 되어 왕실에 항복을 했다.

말하자면 눈앞에 있는 카리올 영주는 지카롤 영주의 후손이 아닌 그 동생의 후손인 것이다.

"하지만 얼마 안 남은 테니마르 가문의 병사들로는 그놈들을 모두 없앨 수 없었습니다. 일부만 죽이고 큰 피해만 당한 채 금광을 결국 언데드 몬스터에게 빼앗기고 말았죠."

"그 뒤에라도 왕실에 도움을 요청할 수는 없었습니까? 다른 일도 아닌, 그들이 전쟁을 치른 언데드 몬스터의 일부가 남아 있는데 말입니다."

"선조들도 고민을 했다고 합니다. 하지만 전쟁이 끝나고 몇 년 뒤에 언데드 몬스터가 수십 마리나 남아 있다고 한다면 오해를 살 수도 있다고 두려워했습니다. 그것을 꼬투리 삼아 왕실이 어떤 행동을 취할지 알 수 없었기 때문입니다. 죄 없는 영지민들도 무수히 학살을 당해 사라진 마을도 한두 개가 아니었습니다."

'그 지카롤인지 뭔지 하는 새끼 때문에 아주 생지옥이었나 보군. 또라이 새끼.'

그런 자식들은 백번 죽어도 마땅했다.

"그래서 어떻게 됐습니까?"

"금광 입구를 폐쇄하고 사람들에게는 금광에서 더는 금이 나오지 않는다고 소문을 퍼트렸습니다."

"그렇군요. 한데 이 이야기를 왜 제게 하시는 겁니까?"

"이안 영주라면 오해하지 않고 내 이야기를 믿어 줄 사람이라고 생각해서입니다."

카리올은 진지한 눈빛으로 말을 이었다.

"이 금광을 되찾는 것을 도와주시겠습니까?"

"제가 말입니까?"

"이안 영주님이 보통 분이 아니라는 것을 아까 나무 막사에서 다 지켜봤습니다. 언데드 몬스터들을 없애 주신다면, 금광에서 생산되는 금의 7할을 드리겠습니다. 부탁드리겠습니다, 이안 영주."

"7할을…… 주신다고요?"

매년 10만 금화 정도의 금이 생산된다고 했으니, 7할이면 7만 금화 정도 된다.

금광을 되찾게 해 주고 아무것도 안 하고 매년 7만 금화를 받으면 굉장한 이득이다.

카리올이 많이 양보한 것 같긴 해도 사실 따지고 보면 그의 입장에선 2백 년간 언데드 몬스터 때문에 방치해 둔 금광일 뿐이다.

이안이 나서서 금광을 살려 주면 그는 영지민들에게 일자리를 만들어 줄 수도 있고, 매년 2만에서 3만 금화 사이의 고정된 수입을 기대할 수 있었다.

왕국에서 제일 가난한 테니마르 영지에 단비 같은 수익원인 것이다.

'구미가 당기는데. 그냥 들어가서 언데드 몬스터 수십 마

리만 잡으면 끝나는 거잖아.'

마음속으로는 이미 승낙을 했지만 이안은 잠시 고심하는 척했다. 돈 때문에 덥석 받아들이는 모양새로 비칠 것 같아서다.

"안 되겠습니까? 역시 무리한 요구였죠? 위험할 수도 있는 일인데, 제 욕심만 앞섰나 봅니다. 죄송합니다, 이안 영주."

카리올이 미안해하며 자리에서 일어서려 하자, 이안이 황급히 손을 저었다.

"성격도 급하십니다. 앉으세요."

카리올이 자리에 다시 앉자 이안은 술잔에 술을 따르며 넌지시 말했다.

"제가 꼭 돈 때문에 부탁을 들어주는 건 아닙니다. 카리올 영주님과 그 영지민들의 사정이 하도 딱해 마음이 기운 것이죠."

"그럼 승낙하시는 겁니까?"

"네. 어려운 사람끼리 서로 도와야죠. 나도 살림이 그리 넉넉하지 않고 영주께서도 그 부단주 녀석 때문에 타격이 크지 않습니까?"

"정말 고맙습니다, 이안 영주!"

카리올은 환하게 웃으며 기뻐했다.

"위치가 어디입니까?"

“나중에 제 성에 오시면 그때 안내해 드리겠습니다. 몬스터를 없앨 때 저희들도 힘을 보태겠습니다.”

“감사하지만 굳이 그러실 필요 없습니다. 위치만 알려 주십시오.”

이안은 내일 연회가 끝나고 영지로 복귀하는 길에 워프를 이용해 금광에 잠깐 들러 볼 생각이었다.

“정 그러시면.”

카리올은 금광의 위치를 설명해 줬다.

술을 비우며 위치를 들은 이안이 고개를 끄덕였다.

“알겠습니다. 한데 정말 궁금한 게 있습니다. 왜 언데드 몬스터들이 그 금광에 나타난 겁니까? 아무리 생각해 봐도 우연 같지는 않은데 말입니다.”

이안이 처음으로 날카로운 눈빛을 보냈고, 카리올은 눈빛이 흔들렸다.

“역시 피할 수 없는 질문이군요. 그것은 바로 그 금광이 언데드 몬스터를 만들던 장소였기 때문입니다.”

“예에?”

생각지도 못한 대답에 이안은 깜짝 놀랐다.

“지카롤 영주는 금광 내부에 있는 지하 공동에 제단을 만들고 언데드 몬스터들을 소환했었습니다. 동생의 칼에 등을 찔리기 직전에도 광기에 젖어 소환 의식을 치르고 있었죠.”

“평범한 금광이 아니었군요.”

"죄송합니다, 그 배경을 설명했어야 했는데……."

"괜찮으니까 계속 말씀해 보세요."

이안은 카리올의 빈 술잔에 술을 채우고 담담히 말했다.

이안이 채워 준 술잔을 반쯤 비운 카리올이 말을 이어 갔다.

"지카롤 영주는 자신을 찌른 동생을 차마 죽일 수 없었는지 눈물을 흘리며 죽어 갔다고 들었습니다. 그리고 그렇게 모든 일이 끝났습니다. 새로 영주가 된 동생은 제단을 파괴하고 왕실에 항복을 했습니다. 금광은 원래의 금광으로 돌아갔죠. 그런데 그렇게 3년의 시간이 흐른 어느 날 제단이 있던 자리에서 뒤늦게 언데드 몬스터들이 출몰한 것입니다."

"지카롤 영주의 소환 의식이 멈추지 않았던 것이군요."

"아마 그랬던 모양입니다. 그것이 아니라면 설명이 되지 않으니까요. 이안 영주님, 일부러 숨기려 한 게 아닙니다. 그저 그렇게 된 것뿐입니다. 우리 가문이 다시 어떤 음모를 꾸미거나 그런 게 아니에요."

카리올은 거칠게 술을 비운 후 양손으로 머리를 감싸며 괴로워했다.

"제발 믿어 주십시오."

그 모습을 잠시 바라보던 이안이 손을 뻗어 상체를 구부린 카리올의 어깨에 손을 올렸다.

어깨가 낮게 흔들리고 있었다. 흐느껴 울고 있는 것 같았다.

“저는 믿습니다. 당신 가문이 그 이후로 달라졌다는 것을.”

지하에서

김선.

기공권의 당대 계승자인 그는 수련보다는 무속인과 무인의 경계를 드나들며 돈벌이에 치중을 했다.

기공은 사람들에게 훌륭한 눈요깃감이 되기도 해서 그의 역술원은 항상 만원이었다.

'드디어 도심 한가운데 내 빌딩을 세웠군, 하하하!'

기뻐하는 것도 잠시, 이계인의 침공으로 그의 빌딩은 잿더미로 변했고, 그 안에 있던 수많은 사람들이 사망하는 일이 벌어졌다.

그중에는 그의 가족도 있었다.

실의에 빠진 그는 어두운 지하 공간에서 생활하는 사람들

속에 누워 병자처럼 눈만 뜨고 지냈다.

"영감님, 맨날 누워만 있지 말고 돌이라도 날라요. 다들 생존하기 위해 뭐라도 하잖아요?"

그때가 김선과 현성의 첫 만남이었다.

이계인의 침공 후 3년이 지난 시점. 현성이 민병대원으로 활발히 활약을 하던 때다.

"아파."

"여기 안 아픈 사람이 어디 있어요? 영감님보다 고령인 노인들도, 암 걸린 병자들도 끝까지 싸우며 지키겠다고 다들 저렇게 발 벗고 나서는데."

"어차피 질 싸움이다."

현성의 눈빛이 바뀌었다.

그는 옆으로 누워 있는 김선의 어깨를 거칠게 잡고 흔들었다.

"영감, 먼저 죽은 사람들에게 그런 말 하기 부끄럽지도 않아! 어제도 내 친구들과 동료는 당신 같은 사람을 지키기 위해서 싸우다 생체 병기의 먹잇감이 돼 버렸어. 그런데 뭐가 어째?"

"누가 지켜 달라고 하든?"

"뭐? 이런 쌍!"

울분에 찬 눈빛으로 소리치던 현성은 김선을 강제로 일으켜 세웠다.

"영감! 저길 봐! 두 눈 똑바로 뜨고 보라고!"

열 살도 안 된 아이들이 굶주린 얼굴로 굴을 파면 나온 돌을 옮기고 있었다.

지난 몇 년간 도시 생존자들은 지상이 아닌 지하에서 생활을 해 왔고, 지하 통로를 꾸준히 개척해 왔다.

"우린 죽더라도 저 꼬맹이들은 살아야 할 것 아니야! 미래를 위해서!"

김선의 눈빛이 흔들렸다.

"현성아! C구역에 놈들이 들어왔어! 어서 가서 막아야 돼!"

친구의 다급한 목소리에 김선을 노려보던 현성이 뒤로 한 발 물러났다.

"지금은 나약해질 때가 아니야. 싸워야 할 때지."

현성이 무기를 들고 뒤돌아서는 순간, 무거운 눈빛으로 서 있던 김선이 현성의 팔을 붙잡았다.

"내게 기공권을 배워라. 널 강하게 만들어 줄 거다."

"뭔 헛소리야? 이거 놔, 바빠!"

C구역에 도착한 현성은 먼저 도착한 동료들과 함께 치열하게 싸우다 벽면을 타고 달려온 사자의 꼬리에 목이 휘감겼다.

생체 병기화가 된 사자는 피부가 강철처럼 단단해 총알에도 쉽게 죽지 않는다.

그뿐만 아니라 발톱과 이빨은 돌도 으스러트릴 만큼 강력했고, 길어진 꼬리는 살아 있는 연체동물처럼 별도로 움직여 사람을 공격한다.

"이 빌어먹을 강아지 새끼!"

현성은 사자의 꼬리에 목이 휘감겨 바닥과 벽면에 사정없이 처박혔다.

그는 손에서 벗어난 소총 대신 허리의 권총을 뽑아 들어 사자의 얼굴 부위를 향해 빠르게 방아쇠를 당겼다.

퍼억!

그의 총알이 사자의 눈알에 박혔고, 사자는 몸부림치며 현성을 놓아줬다.

"이거나 처먹어라!"

바닥에 떨어져 있는 자신의 소총을 빠르게 집어 든 현성이 입을 벌리고 덤벼드는 사자의 목구멍을 향해 총을 난사했다.

두두두두두.

붉은 화염이 총구에서 뿜어져 나왔고 사자는 연약한 목 부위가 폭발하듯 터지며 피를 쏟아 냈다.

철퍼덕.

죽은 사자를 뛰어넘은 현성이 탄창을 재빨리 교체한 후, 그의 동료 머리를 물어뜯으려는 또 다른 사자의 입을 향해 총을 갈겼다.

길게 자란 사자의 이빨이 총알에 부서지며 뒤로 튕겨져 나갔다.

"현성아, 한 마리가 안으로 들어갔어!"

"뭐? 이런 빌어먹을! 따라와!"

현성은 서른 명 정도 되는 동료들과 함께 어두운 통로를 전력 질주했다.

그는 달리면서 안으로 무전을 날렸지만 무전이 되지 않았다.

"젠장!"

무전기를 내던진 그는 죽을힘을 다해 뛰다가 수백 명의 사람들이 머물러 있는 제5지구 벙커 입구에서 김선과 사자를 발견했다.

총을 겨누고 사자에게 다가간 현성이 천천히 총구를 밑으로 내렸다.

총알도 견디는 강철처럼 단단한 사자의 머리가 해머로 맞은 것처럼 안으로 움푹 들어가 있었다.

사자는 입과 귀로 피를 쏟은 채 죽어 있었다.

"영감님, 누가 사자를 죽인 겁니까?"

"할아버지가 한 거예요."

김선의 뒤에서 한 아이가 걸어 나와 조금 전 있었던 일을 설명했다.

달려오는 사자를 김선이 입구에서 막은 뒤, 주먹으로 사자의 머리를 내리쳤다는 것이다.

"주먹으로 생체 병기를 죽였다고?"

놀라는 현성을 향해 김선이 날카로운 눈빛으로 말했다.

"이것이 기공권이다. 배우겠느냐?"

-죽은 거냐?

"……."

땅에 큰대자로 누워 지구에서의 옛일을 회상하던 이안이 정신을 차리고 블란조르를 응시했다.

조금 전 블란조르와 싸우다 영혼에 금이 갈 정도의 큰 충격을 받고 순간 정신이 몽롱해졌었다.

"조금도 사정을 안 봐주네."

-진짜 죽는 것보다는 내게 죽는 편이 낫지 않느냐?

"그건 그렇지."

피식 웃은 이안이 비틀거리며 땅에서 일어섰다.

사슴 사냥에서 승리한 기쁨에 도취돼 잠이 들 수도 있었지만, 그는 한밤중에 숙영지를 나와 멀리 떨어져 있는 산속에서 검 수련에 집중했다.

오늘 헐크처럼 뛰어다니며 수준 높은 포스 경지의 일면을 보여 준 보넌이 그를 자극했기 때문이다.

"경쟁 상대가 있다는 게 꼭 나쁘지만은 않은 것 같아."

검을 손에 쥔 이안이 정신을 집중하고 손에 힘을 주자, 순식간에 그의 검이 은색 불길로 활활 불타올랐다.

다시 한번 정신을 집중하자, 검을 감싼 은색 불길이 사라지고 얼음처럼 싸늘한 푸르스름한 빛이 검을 감쌌다.

-포스에는 여러 기운들이 섞여 있다. 이를 검술에 접목해 다양한 능력을 발휘할 수 있지.

조금 전 블란조르와의 수련 속에 드디어 포스 경지가 올라 포스의 원소 성질 중 불과 얼음의 기운을 의도한 대로 사용할 수 있게 됐다.

"기프리쥬가 사용했던 그 얼음 검을 조금은 흉내 낼 수 있겠군."

이안은 1왕자의 외숙부 기프리쥬가 사용했던 고대 얼음 검술을 잠시 떠올렸다.

이안이 검을 휘두르자 살이 에일 듯한 찬 기운이 뿜어져 나왔다.

물론, 아직은 숙련도가 부족해 위력이 약했다.

철컥.

검을 회수한 이안이 앞의 나무를 봤다.

김선

지구에서 죽은 스승의 이름을 나무에 새긴 이안은 잠시 그 이름을 바라보다 몸을 돌렸다.

"블란조르, 부탁할 게 있어."

-뭐냐?

"대련할 때 말이야. 열 번 중 두 번 정도는 기공권으로 상대하고 싶어. 허락해 줘."

블란조르는 미간을 찌푸렸다.

−기공권은 너 혼자 수련해라.

"부탁할게. 블란조르가 상대해 준다면 단시간에 기공권이 발전할 거야. 그리고 기공권의 경지가 깊어질수록 검술에도 도움이 되는 게 느껴져."

−음.

블란조르는 손에 든 검을 꽃으로 만들었다가 지팡이로 만들었다가 나중에는 거대한 포크로 만들기도 했다.

−좋다. 허락한다.

"하하하, 고마워!"

−그런데 나무에 새긴 저 문자는 뭐냐? 일전에 본 한글이라는 문자와 비슷하게 생겼는데.

"기억력 좋네. 맞아, 한글로 쓴 이름이야."

−누구의 이름이지?

이안은 고갤 돌려 잠시 나무를 바라보다 천천히 대꾸했다.

"내게 기공권을 전수해 준 사람."

동이 트기 전, 떠날 준비를 마친 카리올이 조용히 이안의

막사를 찾았다.

"벌써 떠나시려고요?"

새벽까지 수련을 하고 돌아온 이안이 비몽사몽의 표정으로 물었다.

그는 잠이 든 지 얼마 되지 않아 깨어 눈이 반쯤 감긴 상태였다.

"이곳에 오래 있어 봤자 영주께 누만 끼치는 것 같아서요. 일찍 떠나려고 합니다."

카리올은 사람들 눈을 피해 들판 숙영지를 떠나려 했다.

이안이 괜찮다 했지만 카리올은 부담스러웠다.

"아침이라도 드시고 떠나시지……."

막사 밖으로 나온 두 사람은 말을 향해 걸어갔다.

아직 해가 뜨지 않아 날이 어두웠다.

"영주의 도움으로 이렇게 무사히 영지로 돌아갈 수 있게 된 것 같습니다. 다시 한번 감사드립니다, 이안 영주."

"별말씀을."

"그럼 가 보겠습니다, 이안 영주. 또 만나기를 바랍니다."

카리올은 떠나며 일부러 스롯 금광 이야기를 꺼내지 않았다.

어제 이안이 도움을 주기로 약속을 했고, 그는 이안을 믿었다.

비록 구체적인 시기와 이안이 부하들을 보낼지, 혹은 그 자신이 직접 올지 자세히 언급하지 않았지만, 그는 2백 년 만에 다른 영주가 가문을 돕기로 했다는 그 하나만으로도 기뻤다.

말에 오른 카리올이 세 명의 호위 병사들과 함께 떠나자 잠시 그 뒷모습을 바라보던 이안이 길게 하품을 했다.

"론도, 들어가서 더 자."

"아닙니다, 영주님. 충분히 쉬었습니다."

카리올이 움직인다는 수하의 보고에 일찍 잠자리를 정리한 론도가 우직하게 답했다.

"하르몬드는?"

"저도 마찬가지입니다."

"두 사람 다 아주 부지런해."

이안은 잠을 더 자기 위해 막사로 걸어가다 자신의 뒤를 졸졸 따라오는 재무관을 돌아봤다.

재무관도 일찍 일어난 상태였다.

"뭐야?"

"어제 충분히 말씀드리지 못한 것 같아서 말입니다. 내기에서 이기신 걸 진심으로 축하드립니다. 대영주를 이긴 영주님의 이름은 찬란하게 빛이 나 큰 명성을 누릴 겁니다."

재무관은 과장된 표정으로 크게 손짓을 하며 이안을 치켜세웠다.

"찬란하게 빛이 나는 내 이름이라. 듣기 좋군. 근데 난 그

딴 건 필요 없어. 빚이 반으로 준 게 중요하지."

"물론입니다, 영주님. 그것 역시 중요하죠. 여전히 빚이 많이 남아 있지만, 신약을 잘만 이용하면 남은 빚도 빠르게 갚을 수 있을 겁니다."

"그래야 될 텐데."

고개를 끄덕인 이안이 막사 안으로 들어갔다.

침대에 누워 이불을 뒤집어쓰려던 이안이 고개를 내밀었다.

재무관이 막사로 따라 들어와 그를 멀뚱히 쳐다보고 있었다.

"왜? 나랑 함께 자고 싶어?"

"아, 아닙니다, 영주님. 그것이 아니오라 카리올 영주 말입니다."

"카리올 영주는 왜?"

"그에게 왜 그렇게 잘해 주십니까? 혹시 이용할 만한 가치가 있는 자입니까?"

"그런 거 없어. 단지 가난한 영지를 위해 필사적으로 몸부림치는 게 느껴져서 따뜻한 음식과 쉴 장소를 제공한 거지."

재무관은 실망한 표정을 지었다.

'난 또 뭔가 있는 줄 알았네.'

팔베개를 하고 침대에 누워 있던 이안이 이불을 뒤집어썼다.

"할 말 다 했으면 나가 봐. 잠 좀 자야겠어."

"알겠습니다, 영주님. 다시 한번 사슴 사냥 우승을 축하드립니다."

재무관이 막사를 나가자 이불을 뒤집어쓰고 누워 있던 이안이 이불 밖으로 얼굴을 드러냈다.

'당분간은 비밀로 하는 게 좋겠지?'

스롯 금광의 언데드 몬스터를 없애고 생산된 금을 반년에 한 번씩 테니마르 가문과 나누기로 구체적인 이야기까지 오갔다.

스롯 금광의 금이 자신의 손에 들어오기 전까지, 그는 이 일을 비밀에 부칠 생각이었다.

돼지 축사의 수많은 돼지들이 도축돼 들판 숙영지의 영주들에게 제공됐다.

술도 마차 단위로 영주들에게 지급됐다.

오늘은 모두가 술과 음식을 즐기는 날이었다.

어제부터 눈이 멈추고 날씨도 한결 풀려 사람들은 밝은 얼굴로 들판에서 떠들며 축제 분위기를 냈다.

떠들썩한 들판 숙영지와는 달리 별장 내 연회장은 차분한 분위기 속에서 대영주와 영주들끼리 담소를 나누며 술잔을 기울이고 있었다.

아무래도 대영주가 아닌 이안이 사슴 사냥의 최종 우승자가 된 것이 영향을 미친 것 같았다.

보넌은 괜찮다고 했지만 영주들은 알아서 분위기를 조절하고 있었다.

"이안 영주, 내가 영지로 돌아가는 대로 몽페르도 기병들이 타고 다니는 전투마 백여 필을 선물로 보내 주겠소."

킬라센종이 전투마로 유명하지만 몽페르도의 전투마도 그에 못지않게 뛰어난 말이다.

아니, 지구력 면에선 오히려 몽페르도의 말이 한 수 위다.

따라서 몽페르도 기병대들은 누구보다 빨리 목적지까지 쉬지 않고 도달할 수 있다.

몽페르도 가문은 그들 목장의 말을 절대 팔지 않는다.

그런 귀한 말을 무르가 이안에게 선물로 준다고 한 것이다. 그것도 백여 필이나.

당연히 이안이 놀랄 수밖에 없었다.

옆에 앉아 있던 로링겐도 같이 놀라고 있었다.

"왜 제게 그런 선물을?"

"사슴을 실컷 얻어먹었으니까."

"뭘 바라고 준 게 아닙니다."

"빌레퍼 사슴을 먹으며 수하들 모두가 즐거워했소. 그만하면 받을 만하지."

산도적처럼 인상이 험악하게 생긴 무르는 잔에 술을 따르며 답했다.

사실 그는 이안이 마음에 들었다. 나이 차이가 워낙 많이 나지만, 실제로 만나 술을 마실 때면 전혀 그런 느낌을 받을 수가 없다.

잠시 무르의 얼굴을 바라보던 이안이 고개를 끄덕였다.

"고맙습니다. 잘 쓰겠습니다."

"이거 참 부럽군. 내가 작년에 준 사슴이 여러 마리인데, 그땐 왜 내게 이런 선물을 주지 않았나? 나도 말 몇 마리만 주게."

로링겐이 미소를 지으며 항의하듯 말했다.

"험, 줄 말이 더는 없습니다."

"뭐라고?"

껄껄 웃던 로링겐이 잔을 들자 무르와 이안도 잔을 들었다.

"왕국의 앞날이 어지러우니 언제 또 이렇게 편안한 술자리를 가지게 될지 알 수가 없군. 같이 있는 이 순간, 각자 영지의 사정은 뒤로하고 즐겁게 술을 마십시다."

잔을 부딪친 세 사람은 술잔을 기분 좋게 비웠다.

연회장의 분위기가 무르익을 즘 상석에 앉아 있던 보넌이 갑자기 자리에서 일어섰다.

좌중이 조용해졌다.

"각자 할 얘기들은 충분히 나눴을 거라고 생각되오. 영주들에게 보여 주고 싶은 게 있소. 다들 날 따라오시오."

대영주가 앞장서서 연회장을 나서자 영주들은 궁금해하며 그 뒤를 따랐다.

'뭘 보여 주겠다는 거지?'

이안은 보넌의 넓은 등을 보며 턱을 매만졌다.

어느새 그들은 지상이 아닌 지하 복도를 걷고 있었다.

별장 지하는 지하 감옥처럼 어둡고 음산했다.

'친위대들이 지키고 있어.'

검은 망토를 걸친 수백의 친위대들이 지하 통로를 따라 길게 도열해 있었다.

영주들은 무언의 압박감을 받으며 친위대들이 도열한 통로를 따라 계속 걸어갔다.

무기 없이 따라온 영주들은 왠지 불안했는지 검이 없는 빈 허리를 무의식적으로 만지기도 했다.

이안도 연회장에 들어설 때 장검과 블란조르가 갇혀 있는 단검을 호위로 따라온 론도에게 맡겨 놓은 상태였다.

'설마 엉뚱한 생각을 하는 건 아니겠지?'

영주들의 긴장이 고조될 때, 앞서 걷던 보넌이 옆으로 몸을 꺾어 한 방 안으로 들어갔다.

벽돌로 삼면이 가로막힌 작은 지하 방은 회의실처럼 꾸며져 있었다.

"편하게 앉으시오."

타원형의 탁자에 열네 명의 영주들이 모두 착석을 했다.

카드레체는 이 방을 몇 번 와 봤는지 낯설어하지 않았다.

보넌은 의자에 앉은 영주들의 얼굴을 일일이 쳐다보며 선채로 말했다.

"아는 사람은 알겠지만 이 별장은 데나온 제국 시절 요새로 사용되던 시설이었소. 하지만 이건 몰랐을 거요. 우리에게 익숙한 린암 왕이 한때 이 요새의 지휘관이었다는 사실은."

벨로린 왕국을 건국한 린암 왕은 데나온 제국의 남부 사령관이었다.

하지만 처음부터 높은 지위는 아니었다.

작은 지역의 요새 지휘관을 거쳐, 사령관의 지위에 오른 것이다.

역사에 기록되어 있지 않은 새로운 사실에 영주들이 웅성거렸다.

하지만 웅성거림도 잠시 보넌의 뒷이야기에 바로 귀를 기울였다.

"빌레퍼숲의 사슴 사냥은 사실 그분이 즐겨 하던 것이었소. 나는 그분의 흉내를 조금 낸 것이지."

보넌의 말에 영주들의 표정이 서서히 굳어졌다.

그 말이 의미심장했기 때문이다.

"긴장들 할 것 없소. 여기서 나를 왕으로 추대해 달라는 요구를 하려는 것이 아니니까. 나는 여전히 이 왕국을 사랑하오. 내 핏속에도 린암 왕의 피가 일정 부분 흐르고 있으니까."

말을 끊은 보넌이 차가운 목소리로 말을 이었다.

"그러나 나는 왕실이 잘못된 선택을 하는 것을 더 이상 묵과할 수가 없소. 1왕자는 왕이 되어선 안 될 자요."

보넌의 말이 떨어진 순간, 영주들은 드디어 올 게 왔다는 심정으로 서로의 눈치를 살폈다.

그들은 이번 사슴 사냥이 예년과 다를 것이라는 예감을 하고 왔다.

그것이 들어맞는 순간이었다.

"맞습니다, 대영주님. 지금의 1왕자는 왕이 되면 미친 왕이 되어 어떤 짓을 벌일지 모르는 불안한 자입니다. 그런 자에게 어찌 우리 영주들이 충성을 할 수 있겠습니까? 영지의 재산과 목숨이 모두 위태로워질 수도 있습니다."

카드레체가 장인의 말을 거들듯 큰 소리로 말했다.

영주들 대다수가 고개를 끄덕였다.

"차라리 대영주께서 왕이 되시는 게 낫지. 안 그렇소이까?"

"우리 남부 영주들이 뭉쳐 독립을 합시다!"

영주들 사이에 여러 말들이 터져 나왔다.

'조용히 지나가나 했더니 기어이 왕위 문제가 공개적으로 거론이 되는군. 그런데 의외네. 영주들이 왕실과 대영주 사이를 저울질할 줄 알았는데, 이렇게 대영주를 일방적으로 지지하다니.'

침묵하는 영주들은 무르와 로링겐, 베르코시 정도였다.

이안은 말을 아끼며 옆에 앉은 무르와 로링겐의 옆모습을 쳐다봤다.

무르는 팔짱을 낀 채 입술을 꾹 다물고 있었고, 로링겐은 걱정 가득한 얼굴로 긴 한숨을 내쉬고 있었다.

'로링겐은 왕실파에 가까웠지.'

로링겐을 바라보던 이안이 시선을 돌려 보넌을 쳐다봤다.

우연인지 몰라도 보넌도 이안을 보고 있었다.

시선이 부딪힌 이안은 헛기침을 하며 슬며시 시선을 피했다.

"조용히들 하시오. 아직 내 말이 끝나지 않았으니까."

영주들이 입을 다물었다.

"나는 왕실에 기회를 주고 싶소. 그들 스스로가 왕국을 이끌고 갈 자격이 있다는 것을 증명할 기회를 말이오."

"어떤 식으로 말입니까?"

침묵하던 로링겐이 무거운 눈빛으로 물었다.

"왕실의 왕자는 1왕자가 아니라 해도 세 명이나 더 있소. 왕위 계승자를 1왕자가 아닌 다른 왕자로 교체하라고 요구

할 생각이오."

"1왕자 대신 누구를 말입니까?"

"바로 이 사람이오."

뒤돌아선 보넌이 방 안쪽에 쳐진 검은색 커튼을 옆으로 강하게 젖혔다.

벽에 그림 하나가 걸려 있었다.

사각 턱에 선 굵은 인상의 사내가 날카로운 눈매로 전면을 쳐다보고 있는 초상화였다.

'아니, 저 사람은!'

이안은 그림을 보고 크게 놀랐다.

뜻밖에도 보넌이 지지하는 왕자는 2왕자나 3왕자가 아닌 4왕자였다.

"처음 보는 사람도 있겠지만, 이 사람은 4왕자인 조셉 왕자요."

"조셉 왕자를 왕으로 삼아 달라고 요구하시겠다는 말씀입니까?"

영주들이 놀라며 한목소리로 물었다.

2왕자를 예상하던 그들의 생각을 한참이나 벗어났기 때문이다.

그뿐만 아니라 4왕자는 거칠기로 유명한 사람이었다.

"왜 2왕자가 아니라 4왕자입니까?"

"4왕자가 더 나은 인물이니까. 그는 성정이 뜨겁긴 하나

기본적으로 냉정한 자요. 왕실을 위해서 뭘 해야 할지 아는 사람이지. 이런 자는 결코 왕국에 해가 되는 행동을 하지 않을 것이오.

"조셉 왕자라……."

영주들이 벽에 걸린 초상화를 새삼스럽게 쳐다보며 작은 목소리로 서로 의견을 나누었다.

"왕실이 받아들이겠습니까?"

로링겐이 어림도 없다는 듯 고개를 저었다.

애초에 1왕자 대신 다른 왕자로 왕위 계승자를 삼아 달라는 요구부터가 잘못된 것이다.

"그래서 영주들의 힘이 필요한 거요. 가지고 오너라!"

보넌의 수하들이 고급스러운 두루마리를 가지고 들어왔다.

"펼쳐라."

회의 탁자에 펼쳐진 2미터가량 되는 긴 두루마리엔 자리에 참석한 열네 명의 영주들 가문을 상징하는 문장들이 정교하게 그려져 있었다.

'뭐야 이거? 허락도 없이 가문의 상징을 멋대로 그려 왔네?'

이안은 알베르 가문을 상징하는 문장을 눈을 크게 뜨고 봤다.

왕관을 떠받치는 거인의 그림이 색이 칠해져 위풍당당했

다.

“아더 왕에게 보내는 청원서요. 1왕자가 아닌 4왕자를 왕위 계승자로 삼아 달라는 내용이지. 영주들은 각자 가문의 문장 밑에 서명을 해 주시오. 우리 남부 지역의 영주들이 단합된 목소리를 낸다면, 아더 왕도 깊이 숙고할 것이라고 생각하오.”

영주들의 시선이 두루마리 청원서에서 떨어지지 않았다.

“몸이 아픈 아더 왕이 이 청원서를 볼 수나 있겠습니까? 중간에 1왕자가 가로챌 수도 있고.”

제일 먼저 서명을 해야 하는 처지인 게일론의 영주가 신중한 얼굴로 물었다.

“그건 걱정 마시오. 믿을 만한 사람을 통해 이 청원서는 아더 왕에게 전달될 것이오. 그리고 왕이 시력을 잃었다는 이야기도 있지만, 아직 시력을 완전히 잃은 건 아니오. 이 청원서를 아더 왕이 보게 될 거요.”

“음…… 알겠습니다. 서명하지요.”

게일론의 영주가 가문의 문장 밑에 큰 글씨로 서명을 했다.

서명을 거절하는 순간, 보넌과 반대 길을 간다는 것을 증명하는 꼴이었기 때문에 하기 싫어도 어쩔 수가 없었다.

한편으론 그도 1왕자가 마음에 들지 않았다.

게일론 영주를 시작으로 영주들이 청원서에 차례로 서명

을 했다.

말이 없던 베르코시도 묵묵히 서명을 한 후, 펜을 옆으로 넘겼다.

펜을 받은 무르는 한동안 고민하는 것 같더니, 몽페르도의 상징인 흑마 밑에 서명을 간결하게 했다.

그 역시 1왕자는 받아들이기 어려웠다.

하지만 4왕자는 괜찮은 인물이다. 오래전 크로티 왕국과 국경 분쟁을 벌일 때 그는 조셉 왕자를 만난 적이 있었다.

무르가 서명을 하자 지켜보던 많은 사람들이 안도하는 모습이었다.

몽페르도 가문은 왕실까지 이름을 떨치는 가문이어서 그 가문이 동조했다는 것은 왕실에 큰 부담이 될 것이다.

"로링겐 영주님, 대충 서명하십시오. 여기서 서명 안 하면 영지로 돌아가지도 못할 겁니다."

로링겐이 걱정된 무르가 귓속말을 했다.

눈을 지그시 감은 로링겐은 무르가 넘겨준 펜을 천천히 들었다.

그는 서명 전 보넌을 응시했다.

"대영주, 내가 여기 서명하는 건 일말의 가능성 때문이오. 기적이 벌어져 왕실에서 왕자를 교체하면 왕국의 혼란이 이대로 사그라질 수도 있으니까."

"옳은 말씀이오. 서명하시오."

보넌과 눈싸움하듯 길게 응시하던 로링겐이 고개를 돌려 빠르게 서명을 했다.

탁!

로링겐이 이안의 앞에 소리 나게 펜을 내려놓았다.

자신의 차례가 된 이안은 펜을 들고 가문의 문장을 내려다봤다.

'4왕자라…….'

보넌은 영리했다.

이 청원서 하나로 남부 지역 영주들을 하나로 묶어 버린 것이다.

물론, 영주들의 마음이 이미 1왕자에게서 떠나 있었기에 가능한 일이었지만.

'어렵다는 걸 뻔히 알면서도 이런 수작을 부리는 건 역시 또 하나의 명분 쌓기인가?'

로링겐 말대로 기적이 일어나 조셉 왕자가 왕위 계승자가 되어 대영주들이 들고일어날 명분이 사라졌으면 좋겠다고 생각했다.

짧은 시간 동안 많은 생각을 한 이안이 가문의 문장 밑에 서명을 남겼다.

이안 알베른

모두가 서명을 마치자 지켜보던 보넌이 만족스러운 얼굴로 말했다.

“내 뜻에 따라 줘서 고맙소. 자, 다들 다시 위로 올라가 남은 시간을 즐깁시다.”

청원서를 작성한 지 얼마 되지 않아 연회가 조용히 마무리됐다.

이안과 무르, 로링겐은 별장을 나섰다.

말 머리를 나란히 하고 달빛을 반사하는 호수를 따라 이동하던 로링겐이 길게 탄식을 했다.

“루카스 왕자가 살아 있었다면 왕위 계승이 이토록 문제가 되지 않았을 텐데.”

루카스 왕자는 아더 왕과 왕비 사이에서 태어난 유일한 적통이었다.

루카스가 죽으며 후궁의 자식인 트웰 왕자가 1왕자 자리에 오른 것이다.

“엘리제가 루카스 왕자를 죽였다는 소문이 있습니다. 트웰을 왕으로 만들기 위해서.”

무르가 호수를 보며 무심히 말했다.

“무르 영주는 그 소문을 믿는 것인가? 엘리제와 트웰을 미워하는 자들이 만든 헛소문 중 하나일 뿐이야."

"멀쩡한 루카스 왕자가 심장마비로 죽다니, 그것이야말로 수상하지 않습니까?"

"건강한 사람도 얼마든지 그럴 수 있네."

루카스 왕자는 언행이 신중하면서도 성품이 온화해 누구나 좋아했다.

그가 죽은 지 십수 년이 흘렀어도 여전히 그를 기억하는 사람들이 많다.

'조셉 왕자도 그를 그리워했었지.'

이안은 루카스 왕자의 죽음이 새삼 아쉬웠다.

얼굴 한번 본 적 없는 사람이지만 그의 죽음과 함께 왕국이 흔들리고 있었다.

"이안 영주는 청원서가 효과를 발휘하리라고 생각하시오?"

로링겐이 별장을 나설 때부터 말이 없는 이안에게 물었다.

이안이 담담히 답했다.

"글쎄요. 병중인 아더 왕께서 어떤 결심을 하실지는 아무도 모르는 게 아니겠습니까?"

"4왕자가 왕위 계승자가 될 수도 있다고 보는군."

"희망입니다. 아마 저뿐만 아니라 두 영주님들도 그렇게 되기를 바라시고 있을 거라고 생각합니다."

이안의 말에 두 영주는 고개를 끄덕였다.

"다만, 우려되는 건 이 청원서로 인해 4왕자는 목숨이 위험해질 수도 있다는 겁니다."

이안이 무거운 눈빛으로 말했다.

왕실에 청원서가 전달되면 그 후폭풍이 거셀 것이다.

조셉 왕자가 그것을 어떻게 견딜지 이안은 개인적으로 걱정이 되었다.

'이것이 왕자의 숙명인가…….'

다른 날과 달리 말수가 적어진 무르와 로링겐, 이안은 각자 앞으로의 일을 생각하며 들판 숙영지로 말을 몰아갔다.

별장에서 돌아온 이안은 그의 막사로 재무관과 론도, 하르몬드를 모이게 했다.

탁자 앞에 서 있는 세 사람을 잠시 바라보던 이안이 의자에서 일어났다.

"이곳에서 마지막 밤이군."

"그렇습니다, 영주님."

재무관이 답했다.

그는 하루라도 빨리 불편한 이곳을 벗어나 까뮤로 돌아가고 싶었다.

따뜻한 물로 목욕을 하고 벽난로 앞에서 차를 마시며 의자에 기대 편안하게 잠이 들고 싶었다.

"재무관은 오늘 팔굽혀펴기 몇 개나 했지?"

"3백 개를 했습니다."

"내일부턴 4백 개를 해."

"하, 하지만…… 알겠습니다, 영주님."

3백 개도 간신히 채웠던 재무관은 속으로 투덜거렸다.

'나를 병사로 쓸 건가? 빌어먹을.'

이안이 별장에서 챙겨 온 고급술의 마개를 열었다.

대영주가 준비한 이 고급술은 향과 맛이 괜찮아서 그는 체면 차리지 않고 연회장에서 한 병 가지고 나왔다.

"그동안 수고 많았다. 내일 대영주 환송식이 남아 있긴 하지만, 오늘 연회가 끝남으로써 사실상 이곳에서의 사슴 사냥 일정은 마무리가 됐다."

세 사람을 향해 걸어간 이안이 말씽 없이 자신을 보필해준 론도와 하르몬드 그리고 재무관에게 술을 따라 줬다.

"감사합니다, 영주님."

세 사람은 공손히 술을 받아 마셨다.

"솔직히 사슴 사냥에 참석하기 싫었지만 이곳에 와서 많은 것을 얻게 됐다. 빚을 줄이고 몇몇 영주들과 가까워졌지. 뭐, 명성을 조금 얻은 것 같기도 하고 말이야."

이안이 얼굴을 찡그리며 어깨를 으쓱하자, 론도와 하르몬드가 낮게 웃었다.

"물론, 적도 만들었다."

이안은 별장을 나설 때 3층 유리창에서 그를 노려보고 있던 마리의 시선을 느꼈다.

"불행히도 인생에 있어서 모두를 친구로 삼을 수는 없는 거니까."

술을 한 모금 한 이안이 돌아서서 탁자에 술잔을 내려놨다.

"그리고 오늘 중요한 문서에 서명을 하고 왔다."

"어떤 문서였습니까?"

재무관이 물었다.

"아더 왕께 보내는 청원서다. 1왕자 대신 4왕자를 왕위 계승자로 삼아 달라는 그런 내용이지. 대영주 이하 열네 명의 모든 영주들이 서명을 했다."

재무관과 하르몬드가 놀란 눈으로 이안을 바라봤다.

하지만 론도는 별 반응이 없었다. 이안을 호위해 별장을 다녀온 그는 알고 있었기 때문이다.

"대영주가 드디어 움직였군요."

하르몬드가 긴장한 음색으로 말했고 재무관이 숨을 크게 들이마셨다.

"예견된 일이었습니다, 영주님. 혼자 떨어지시면 안 됩니다. 영주들이 움직이는 방향대로 함께 움직이셔야 합니다. 오늘 서명을 하신 건 잘하셨다고 봅니다."

"그런가?"

씁쓸하게 웃은 이안이 탁자에 엉덩이를 기대고 팔짱을 꼈다.

"그놈의 왕좌가 뭐라고. 대충 먹고살지, 왜 이렇게 싸움질을 하려고 하는 건지."

'대가리들을 없애 버리면 싸움이 멈출까?'

잠시 생각하던 이안은 고개를 저었다.

또 다른 자들이 왕이 되겠다고 설칠 것이다.

싸우고, 싸우고 계속 싸워서 누구도 넘보지 못할 자가 왕좌에 오를 때, 그때서야 싸움이 멈추고 한동안 평화가 지속될 것 같았다.

"내일 대영주가 별장을 떠나면 우리도 바로 이곳을 떠난다. 미리 준비를 해 둬."

"예, 영주님."

세 사람이 물러가고 혼자 남은 이안이 남은 술을 비울 때 론도가 다시 들어왔다.

"영주님, 베르코시 영주가 찾아왔습니다."

"베르코시 영주가?"

살짝 놀란 이안이 손짓을 했다.

"안으로 모셔."

잠시 후 로벨롱의 영주 베르코시가 막사 안으로 들어왔다.

그는 내부가 초라한 이안의 작은 막사를 가볍게 둘러본 후 이안에게 다가갔다.

이안이 환하게 웃으며 베르코시를 반겼다.

"어서 오십시오, 베르코시 영주."

"쉬는데 방해한 건 아닌지 모르겠소."

"천만에요. 자, 이쪽으로."

탁자를 사이에 두고 이안과 마주 앉은 베르코시는 어색했는지 가볍게 헛기침을 하다가 탁자 위에 놓여 있는 대영주의 술병을 발견했다.

"이 술은……."

"별장에서 한 병 가지고 왔습니다. 맛이 좋아서요, 하하하!"

"……."

베르코시는 눈살을 찌푸렸다.

우디차 가문과 맞서 싸울 정도로 명예를 소중히 여겼던 영주가 연회장의 술을 집어 오다니.

"커험."

베르코시는 못 볼 걸 봤다는 듯 크게 헛기침을 했다.

"한 잔 하시겠습니까?"

이안이 연회장의 술병을 들자 베르코시가 손을 들어 막았다.

"괜찮소. 연회장에서 술을 많이 마셔서."

"그러시군요."

이안은 빙그레 웃으며 자신의 잔에 술을 따랐다.

"용건만 말하겠소. 며칠 전, 날 찾아와 적대 관계를 청산하고 평화롭게 지내자고 했던 그 제안, 받아들이겠소."

"정말입니까?"

이안은 크게 기뻐했다.

두 가문 사이의 해묵은 감정을 정리하기 위해서는 여러 차례 더 만나야 될 거라고 예상을 했다.

그런데 그 예상을 깨 버린 것이다.

"쉽지 않은 결정이었소. 성으로 돌아가면 많은 신하들이 반대할 거요. 심지어 나의 부친께서도."

"그런데 왜 이런 결정을 내린 겁니까?"

이안이 차분한 눈빛으로 물었다.

"당신 말대로 두 가문 사이의 일은 오래된 과거의 일이오. 이제 우리가 끝낼 때도 되었지."

베르코시는 말을 마치고 자리에서 일어났다.

"디놀리아강에서 당신은 영지의 명예를 위해 우디차 가문과 싸움을 마다하지 않았소. 나조차 결단 내리기 어려웠을 행동을 과감히 옮긴 그 기백과 신념을 존경하오."

"별말씀을."

이안이 자리에서 일어났다.

"당신을 믿고 두 가문 사이의 오래된 벽을 허물고자 하는 것이니, 부디 날 실망시키지 마시오."

베르코시가 악수를 하자는 듯 손을 내밀었고, 이안이 그 손을 강하게 붙잡았다.

"로벨롱이 알베른을 공격하지 않는 이상, 두 가문은 좋은 이웃이 될 겁니다."

문서 같은 건 필요 없었다.

두 영주의 구두 약속은 곧 영지 전체에 퍼질 것이다.

250년의 갈등을 끝내기로 약속을 하고 나온 베르코시는 이안의 진영을 벗어나 자신의 숙영지를 향해 천천히 말을 몰았다.

뒤따르는 호위대장 파몰이 말했다.

"영주님, 이안 영주를 믿어도 되겠습니까?"

"먼저 날 찾아와 손을 내민 사람이다. 알베른 가문에서 그런 영주는 지금껏 한 명도 없었어. 우디차 가문과 벌인 일도 그렇고, 보통 인물이 아니야."

"군사를 모으고 있지 않습니까?"

"자신의 영지를 지키기 위해서지 우릴 공격하기 위해서라고 보기는 어려워. 왕위 계승전을 대비하는 것일 수도 있고."

"그래도 너무 빠른 결정이 아니신지……."

베르코시가 말을 멈추게 한 후 파몰을 쳐다봤다.

"장차 우리는 게일론과 전쟁을 벌일 수도 있다. 알베른을

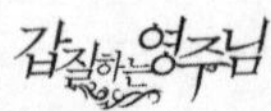

적으로 두면 뒤가 위험해져. 무슨 말인지 알겠나?"

파몰의 표정이 굳어졌다.

"영주님, 괴물을 만든 게 게일론의 영주가 아닐 수도 있지 않습니까?"

"그가 아니면 누구란 말이냐?"

파몰을 잠시 노려보던 베르코시가 멈췄던 말을 움직였다.

둥! 둥! 둥!

성벽 위에서 북이 울렸다.

천여 명의 친위대와 함께 별장을 나서는 대영주의 뒤를 수천의 녹색 기병들이 따라붙었다.

두두두두두.

천지를 집어삼킬 듯 달리는 기병들의 기세는 대단해 그대로 하늘로 솟구쳐 밝은 태양과 충돌해 사방을 어둡게 만들 것만 같았다.

'젠장. 빨리도 온다. 한참을 기다렸네.'

대영주 환송을 위해 아침부터 기다리고 있던 이안은 자신의 말 머리를 부드럽게 쓰다듬었다.

수천의 말들이 다가오는 모습에 말이 약간 흥분한 것 같았다.

이안은 좌우를 돌아봤다.

길가에는 이번 사슴 사냥에 참석한 영주들이 빠짐없이 대영주를 기다리고 있었다.

무서운 기세로 달려오던 기병들이 영주들 앞에서 멈췄다.

보넌이 대열에서 이탈해 길가에 늘어서 있는 영주들에게 다가갔다.

"이제 헤어질 때가 됐군. 모두들 잘 돌아가시오."

"즐거운 시간이었습니다, 대영주."

영주들의 인사에 보넌이 고개를 끄덕였다.

다른 때 같으면 영주들의 인사를 받은 후 길을 바로 떠났겠지만 오늘은 달랐다.

"사슴 사냥은 끝났지만 더 중요한 일이 우리 앞에 남아 있소. 청원서의 결과를 기다려 봅시다."

분위기가 무거워졌다.

대영주는 말을 움직여 자신을 기다려 준 영주들과 일일이 눈을 마주치며 개별적으로 작별 인사를 나눴다.

맨 끝에 있던 이안의 앞까지 보넌이 도착했다.

이안을 물끄러미 바라보던 보넌이 조용한 어조로 말했다.

"이안 영주, 나는 영주에게 거는 기대가 참으로 크네."

"관심 주셔서 감사합니다."

"또 보세."

이안의 눈을 끝까지 응시하던 보넌이 말 머리를 돌려 대열로 돌아갔다.

"가자."

기병들이 다시 움직이자 하얀 눈이 쌓인 땅이 진동을 했다.

이안이 빠르게 지나치는 기병들의 행렬을 보고 있을 때 무르와 로링겐이 다가왔다.

"우리도 이만 헤어져야겠군."

로링겐이 말했다.

"아쉽지만 그래야겠군요."

무르와 로링겐은 이안이 온 길과 다른 길을 통해 영지로 돌아간다.

"이안 영주, 내가 보내 줄 몽페르도의 말은 성질이 고약하니까 관리를 잘해야 할 것이오. 병사들의 머리를 막 물어뜯거든."

"하하하, 알겠습니다."

"그나저나 조만간 내 기병들을 이끌고 왕성으로 진격해야 하는 건 아닌지 모르겠군."

무르가 차가운 표정으로 말했다.

"싸움에 직접 참여할 생각입니까?"

"전쟁을 피하고 싶지만 그렇다고 1왕자가 왕이 되는 꼴을 두고 볼 수는 없어. 왕실이 청원서를 가벼이 여기지 않았으면 좋겠군."

"이안 영주, 무르 영주의 말에 너무 흔들리지 말게. 무르 영주는 무르 영주의 대의가 있는 것이고, 우리는 각자의 대의가 있는 것이니까."

"쳇, 너무하시는군. 이안 영주가 싸우도록 내가 부채질이라도 한다는 겁니까?"

"내 눈에는 그리 보이네."

티격태격하는 두 사람을 향해 이안이 미소를 지으며 말했다.

"두 분이 있어서 이번 사냥이 외롭지 않았습니다. 또 뵙도록 하죠."

"영주님이 돌아오신다!"

안코노바 항구 마을에서 이안을 기다리던 상선의 선원들이 갑판 위에서 소리쳤다.

"배를 대라!"

선착장에서 약간 떨어진 강 위에 배를 정박시키고 있었던 톨리로 선장이 지시를 내렸다.

이안은 선착장으로 다가오는 그의 배를 응시했다.

'저 배가 이렇게 반가울 수가 있나?'

영주 소유의 배가 없어 상단의 배를 빌렸지만 왠지 자신의 배처럼 마음이 갔다.

'내가 제일 빨리 왔군.'

선착장엔 다른 영주들이 보이지 않았다.

그럴 수밖에 없는 게 50여 명이라는 소수의 인원이 전부 말을 타고 빠르게 움직였기 때문이다.

"재무관, 병사들과 함께 이 배를 타고 영지로 돌아가. 나는 볼일 좀 보고 영지로 돌아갈 테니까."

"저희들끼리 가라는 말씀입니까?"

재무관과 론도, 하르몬드가 모두 놀라며 이안을 쳐다봤다.

"송구하오나, 어떤 일 때문에 그러시는 겁니까?"

재무관이 의아한 시선으로 물었다.

"있어, 그럴 일이. 나중에 때가 되면 말해 주지."

"영주님, 호위들이 따라가지 않아도 되겠습니까?"

론도가 굵은 목소리로 물었다.

"괜찮아. 걱정 말고 배 타고 먼저 출발해. 나도 곧 뒤따라갈 테니까."

"알겠습니다, 영주님."

잠시 생각하던 론도가 공손히 답했다.

영주가 홀로 돌아다닌 게 하루 이틀도 아니었다.

마음 같아서야 밤낮으로 따라다니며 호위를 서고 싶었지만, 영주를 불편하게 하면 안 된다.

얼마 후, 알베른의 상선이 항구 마을을 떠났다.

선착장에서 상선이 멀어지는 것을 한동안 응시하던 이안이 마을 상점으로 들어갔다.

"후드 하나 주시오."

평범한 갈색 후드로 얼굴을 가린 이안은 항구 마을 북쪽 강변을 따라 천천히 걸음을 옮기다가 강 건너편을 응시했다.

그 자리에서 순식간에 사라진 이안이 강 건너편에 불쑥 모습을 드러냈다.

"테니마르로 가 볼까?"

스롯 금광

근처 바위산과 메마른 땅에서 날아오는 흙바람이 마치 사막의 모래바람처럼 하늘을 떠다녔다.

'입으로 흙먼지가 들어오네.'

늦은 점심을 먹기 위해 작은 마을에 도착한 이안은 두건으로 코와 입을 가렸다.

테니마르 영지는 숲과 강이 별로 없고 이렇듯 불모지나 다름없는 땅들이 넓게 펴져 있었다.

이런 척박한 땅을 일궈 농작물을 계속 키우고 있다는 게 대단할 정도였다.

움메메메!

10여 마리의 염소 떼를 몰고 가는 목동도 보였다.

'표정은 밝아 보이는군.'

목도리를 두른 소년은 콧물을 닦으며 긴 막대기로 염소 떼를 몰고 가고 있었다.

음식점을 찾은 이안은 으깬 감자와 염소 고기 구이로 배를 채우다 등 뒤에서 들리는 목소리에 귀를 기울였다.

"이게 다 영주님 때문이야. 마을의 돈을 모두 바쳤는데 변한 게 없잖아."

"그만하게. 촌장님도 영주님도 모두 그 상인에게 속은 거야. 어찌하겠나?"

"빌어먹을! 무슨 희망이 있어야지. 내가 여기서 태어나지만 않았어도 벌써 영지를 떠났을 거라고."

"다른 영지로 가면 뭐 잘살 수 있을 것 같나? 테니마르 출신이라고 하면 모두들 꺼린다고. 그나마 여기선 세금도 거의 없고, 척박한 땅이지만 우리 모두 땅을 경작할 수 있지 않나?"

"그건 이 친구 말이 맞아. 우린 가난하지만 지난 2백 년간 강제 노역도, 전쟁터에 끌려간 적도 없어. 어떻게 보면 이곳이 우리에겐 천국이라고."

"미쳤군, 이곳이 천국이라니! 술이나 마셔, 이 사람들아!"

"하하하!"

심각하게 시작됐던 이야기는 웃음으로 끝이 났다.

힘든 환경에서 벗어날 수 없는 고단한 삶에서도 웃음꽃은

핀다.

'버티면서 사는 거지.'

마을 사람들의 이야기를 가만히 듣던 이안이 접시의 음식을 모두 비우고 자리에서 일어났다.

'스롯 금광이 다시 문을 열면 이 사람들에게도 혜택이 돌아가겠지.'

알베른도 테니마르드도 모두 이득이다.

마을 사람들에게 테니마르성의 위치를 물어본 이안은 바위산과 넓은 들판, 마을 한 개를 더 지나친 후 마침내 테니마르성이 보이는 언덕에 도착했다.

점심을 먹은 마을을 떠난 지 불과 몇 분도 안 된 시간이었다.

중간에 배가 아파 볼일을 보지 않았다면, 더 빨리 왔을 것이다.

"저게 성이야, 흉가야?"

성벽은 허물어져 잡초가 올라와 있고 안에 위치한 성의 건물들은 대부분 불타고 그을린 모습으로 무너져 있었다.

멀쩡한 건물이 남아 있지 않았다. 그야말로 폐허가 된 성이다.

위태롭게 기울어져 있는 성문 위의 깃발이 아니라면 저곳이 영주의 성이라는 것을 알아보기 힘들었을 정도였다.

-2백 년 전 전쟁의 상흔이 고스란히 남아 있군.

블란조르는 폐허가 된 성에 오롯이 서 있는 테니마르 가문의 깃발이 인상적이었는지 이안의 옆에서 담담히 중얼거렸다.

"부서진 성을 조금도 손대지 않았어."

성벽을 세우고 건물을 수리하려면 큰돈이 든다.

성을 재건할 여력이 없는 테니마르 가문은 그래서 아예 손도 대지 않은 것 같았다.

카리올 영주는 가족과 함께 저 폐허가 된 성에서 살고 있었다. 약간의 병사들과 함께.

"이런 상황에서 트리시아 상단의 부단주에게 4만 금화를 사기당하다니. 아마 카리올은 하늘이 노랗게 보였을 거야."

카리올이 그 상인을 죽이겠다고 벼르는 게 깊이 이해가 됐다.

언덕에서 강을 낀 성을 내려다보던 이안이 성 북쪽으로 시선을 옮겼다.

성 배후에 제법 큰 산이 하나 있었는데, 그 산은 바위산이 아닌 나무가 가득했다.

'스롯산.'

테니마르성 배후에 있는 스롯산에 언데드 몬스터에게 점령당한 스롯 금광이 있다.

2백 년 전, 지카롤 영주는 성과 가까운 저 금광에서 언데드 몬스터를 소환한 것이다.

스롯산을 응시하던 이안의 모습이 순간 사라졌다.

카리올의 아들 밀로는 병사 네 명을 데리고 산길을 오르고 있었다.

호리호리한 체격의 20대 중반의 밀로는 유독 팔근육만 비정상적으로 발달해 있었다.

손에 힘을 주면 팔의 근육이 부풀어 올라 팔의 둘레가 어른의 허리 굵기로 변한다.

팔이 부풀어 올라 있을 땐 피부가 돌처럼 단단해져 칼을 맞아도 끄떡없었다.

그가 어렸을 때 이름 모를 마법사가 하룻밤 성에 머물다 간 적이 있었는데, 그 마법사가 키우던 벌에 쏘인 후 이렇게 변해 버렸다.

"지금이라도 돌아가고 싶으면 돌아가."

"아닙니다, 밀로 님. 저희도 밀로 님과 함께 금광을 조사하겠습니다."

"죽어도 난 모른다?"

"……예."

"농담이다. 안을 조사하는 건 내가 할 거야. 너희들은 통로 쪽에서 나를 기다리면 돼."

밀로는 눈을 빛내며 말했다.

아버지는 영주들에게 도움을 청하러 갔다. 하지만 그는 큰 기대를 하지 않았다.

'그 빌어먹을 새끼들은 우리를 손가락질하며 욕이나 할 줄 알지 절대 도와주지 않을 거야.'

사실 그는 성을 떠나는 아버지를 몇 번이나 말렸었다. 부질없는 일이라고.

하지만 결국 아버지는 떠났고, 남은 그는 고민 끝에 금광을 조사해 보기로 했다.

'2백 년이나 지났어. 언데드 몬스터들이 사라졌을 수도 있어.'

물론, 그럴 가능성은 거의 없다.

하지만 만분의 1이라도 그럴 수도 있으니 밀로는 확인을 하고 싶었다.

'우리 영지의 미래가 여기에 달려 있어.'

이 금광을 되찾으면 영지는 가난에서 벗어날 수 있다.

아버지가 계셨다면 안으로 들어가는 것을 허락하지 않으셨을 것이다.

'아버지는 얼마나 모욕을 당하고 돌아오실까?'

밀로는 자신의 안위보다 아버지가 걱정이었다.

산길을 오르던 그들은 골짜기 안쪽으로 들어갔다.

금을 채광하던 시절 사용된 버려진 녹슨 수레와 도구 들,

흔적만 남은 창고와 집터 등이 하나둘 나왔다.

밀로는 어려서 여기서 뛰어논 적도 있었다.

화르르르.

횃불을 만든 그들은 으스스한 분위기의 금광 안으로 들어갔다.

그들이 사라진 직후 금광 입구에 이안이 나타났다.

"뭐야, 저 자식들은?"

이안이 황당하다는 듯 눈을 크게 뜨고 금광을 바라봤다.

아무도 없을 거라 생각하고 콧노래를 부르며 왔는데, 뜻밖에도 병사 복장을 한 자들이 팔이 어마어마하게 굵은 젊은 사내와 함께 금광으로 들어간 것이다.

'어쩐다…….'

턱을 만지며 잠시 생각하던 이안이 금광으로 천천히 걸어 들어갔다.

밀로 일행은 갱도 천장에 붙어 있던 박쥐 떼를 횃불로 쫓아내며 계속 안으로 들어갔다.

"석문입니다, 밀로 님."

갱도 중간에 커다란 석문이 가로막고 서 있었다.

이 석문은 지카롤 영주 시절이 아닌 그 이전부터 존재했던 석문이다.

일종의 금광을 지키는 문이었다.

석문을 열기 위해서는 갱도 벽에 설치된 장치를 움직여야 한다.

밀로는 성에서 가지고 온 길쭉한 열쇠를 벽에 꽂은 후, 배의 조타처럼 생긴 원형의 장치를 왼쪽으로 돌렸다.

원래는 세 사람 정도가 달라붙어 힘을 써야 하지만, 팔근육이 부풀어 오른 밀로는 혼자서도 쉽게 장치를 회전시켰다.

그르르르르.

육중한 석문이 소리를 내며 옆으로 밀려 들어갔다.

쿠웅!

거의 2백 년 만에 열린 석문의 뒤는 짙은 어둠과 퀴퀴한 냄새로 가득했다.

꿀꺽.

횃불을 든 병사들이 긴장했는지 침을 크게 삼켰다.

안쪽 공간을 잠시 응시하던 밀로는 병사들에게 말했다.

"이제부터 나 혼자 들어가겠다. 너희들은 여기 있어."

"아닙니다, 밀로 님. 저희들도 함께 들어가겠습니다!"

병사들이 용감하게 말했지만 밀로가 고개를 가로저었다.

"애초에 너희들을 데리고 온 건 이것 때문이었다."

밀로는 석문을 가리켰다.

"혹시 문제가 생기면 망설이지 말고 이 석문을 닫아라. 내가 나오지 않더라도 말이다."

"밀로 님, 저희가 어떻게 그럴 수가 있겠습니까?"

병사들의 낯빛이 창백하게 변했다.

밀로는 목숨을 걸고 있었다.

"내가 죽더라도 언데드 몬스터들이 나오게 할 수는 없다. 알겠나? 대답해!"

병사들은 어쩔 수 없었는지 무거운 얼굴로 답했다.

"명을 받들겠습니다."

"너무 걱정 마라. 이 단단한 팔이 있는 한 나는 무사히 나올 테니까."

호기롭게 외친 밀로는 횃불로 어둠을 밝히며 성큼성큼 발걸음을 옮겼다.

한동안 어두운 갱도를 걷던 그는 뒤에서 바스락거리는 소리에 놀라 급히 뒤를 돌아봤다.

'잘못 들었나?'

고요한 어둠은 사람을 불안하게 만든다. 더구나 이곳은 언데드 몬스터가 있는 곳이다.

눈동자만 움직여 어둠 속을 노려보던 그는 몇 번 심호흡을 한 후 다시 안쪽으로 걸어 들어갔다.

'자식이 쫄긴.'

갱도 벽에 찰싹 달라붙어 있던 이안이 어둠 속에서 흰 이를 드러내며 씨익 웃었다.

잠시 후, 굵은 쇠창살로 만들어진 철문이 나왔다.

철문은 자물쇠가 채워진 쇠사슬로 단단히 잠겨 있었다.

밀로는 작은 열쇠를 꺼내 자물쇠를 연후 쇠사슬을 풀어냈다.

끼이이익.

철문을 연 밀로는 긴장된 눈빛으로 깜깜한 통로를 노려봤다.

여기서 조금만 더 들어가면 파괴된 제단이 있는 지하 공동이 나온다.

언데드 몬스터들은 그곳에 있다고 들었다.

금을 캐던 곳은 지하 공동을 지나서 안쪽에 있는 갱도다.

따라서 지하 공동에 있는 언데드 몬스터들을 없애지 않는 한 금을 캘 수 없다.

'언데드 몬스터들이 다 사라졌으면 좋겠군.'

밀로는 손에 힘을 줬다.

팔근육이 더 부풀어 올라 돌덩이처럼 단단해졌다.

철문을 넘어간 밀로는 몇 걸음 채 걷지 않아 어둠 속을 밝히는 붉은 광채와 마주쳤다.

허공에 둥둥 떠다니는 그 붉은 광채의 정체는 언데드 몬스터의 눈빛이었다.

캬아아아아!

입을 쩍 벌린 해골 병사가 이가 빠진 칼과 사각 방패를 들고 미친 듯이 달려왔다.

“젠장! 역시 사라지지 않고 아직 남아 있었군.”

실망한 밀로는 뒤로 물러나며 해골 병사의 칼을 돌처럼 단단해진 팔뚝으로 막았다.

깡!

돌과 쇠가 부딪치는 소리가 났다.

“꺼져!”

한 팔로 칼을 막은 밀로는 들고 있던 횃불을 바닥에 던진 후, 반대편 돌주먹으로 해골 병사의 머리를 후려쳤다.

콰앙!

산산조각 난 해골 병사의 머리가 사방으로 뿌려졌고, 몸통은 타올라 재로 변해 갔다.

“응? 왜 이렇게 약해? 이 장갑 때문인가?”

그는 맨주먹이 아니었다.

작은 은검 조각이 박혀 있는 철 장갑을 끼고 있었다.

만일을 대비해 대장간에서 특수 제작한 장갑이다.

힘이 난 밀로는 지하 공동을 향해 조금 더 들어가 보기로 했다.

통로를 어슬렁거리는 해골 병사들이 붉은 눈빛을 토하며 달려들었다.

그것도 네 마리나.

하지만 그들도 밀로의 상대가 되지 못했다.

단단한 두 팔로 몸을 보호하며 은검이 박힌 철 장갑으로 후려칠 때마다 녀석들의 팔다리가 불타며 비틀거렸고, 밀로는 신이 나 쫓아가 대가리를 박살 내 버렸다.

화르르르.

불길에 휩싸여 사라지는 언데드 몬스터들을 보며 밀로가 기뻐 소리쳤다.

"처음 싸워 보는데, 내가 이렇게 잘 싸웠나? 하하하!"

서걱!

웃고 있던 밀로의 다리에 붉은 피가 솟구쳤다.

온몸에서 하얀 빛을 발산하는 해골 기사가 장검으로 밀로의 허벅지를 베어 버린 것이다.

자세를 낮추고 밀로의 다리를 벤 해골 기사는 고개를 들어 밀로를 차갑게 올려다봤다.

"으아아아아!"

분노한 밀로가 다리 부상도 잊고 두 주먹으로 마구 해골 기사를 내리쳤다.

하지만 해골 기사는 방패로 밀로의 두 주먹을 모조리 막아 내 버렸다.

서걱!

밀로의 뒤로 빠르게 돌아간 해골 기사가 밀로의 등을 길게 베었다.

"크윽!"

몸을 크게 휘청이던 밀로는 벽에 기댄 채 숨을 헐떡였다.

2백 년 전 지카롤 영주가 소환한 다양한 종류의 언데드 몬스터들 가운데 검술이 뛰어나다고 알려진 언데드 중 하나가 바로 이 해골 기사다.

옛 기록을 떠올린 밀로는 쓴웃음을 흘렸다.

"금광에 화이트 언데드가 있었다는 말은 없었잖아."

화이트 언데드는 해골 기사처럼 온몸에서 하얀 빛을 발산하는 몬스터들로, 달리 정예 몬스터로 불린다.

이들을 상대하기 위해선 포스 검사나 잘 조직된 정예 병사들이 필요하다.

검을 내리칠 자세를 취하는 해골 기사를 보며 밀로는 목청을 높여 외쳤다.

"석문을 닫아라!"

있는 힘껏 고함을 질렀지만 그의 목소리가 과연 석문에서 대기 중인 병사들에게까지 도달할지 그는 자신하지 못했다.

해골 기사의 검이 소리를 치는 밀로의 목을 향해 서늘하게 다가왔다.

"빌어먹을!"

밀로는 다가오는 검을 노려봤다.

그 순간, 해골 기사의 몸이 정수리부터 가랑이까지 일직선으로 갈라지는 놀라운 장면을 보게 됐다.

파삭!

반으로 갈라진 해골 기사의 몸이 불타올랐다.

해골 기사 뒤에 누군가 서 있었다.

후드를 뒤집어쓰고 은색 빛을 내뿜는 검을 들고 서 있는 사람.

"팔만 튼튼했지 싸움 실력은 별로군."

"누구십니까?"

밀로는 이 상황이 믿기지 않았는지 자신을 구해 준 이안을 멍하니 바라봤다.

바닥에 떨어진 횃불이 후드를 쓴 이안을 은은하게 비추고 있었다.

이안은 허리를 숙여 횃불을 집어 들었다.

"카리올 영주가 당신 아버지인가?"

"그렇습니다."

"나는 알베른 영주님의 지시를 받고 온 현성이라고 한다."

"알베른? 그곳에서 왜?"

"카리올 영주와 우리 영주님이 계약을 맺으셨다. 금광의 몬스터들을 없애 주는 대가로 금광의 수익을 나누기로."

밀로의 눈이 커졌다.

"정말입니까?"

"내가 왜 여기 있다고 생각하지?"

이안은 밀로를 부축해 쇠창살로 된 철문 밖으로 나왔다.

"뒤돌아서."

밀로에게 횃불을 들게 한 이안은 품에서 신약을 꺼내 밀로의 등에 난 검상에 발라 줬다.

“이거 비싼 약인데 특별히 발라 주는 거야.”

“감사합니다. 그리고 구해 주셔서 고맙습니다.”

이안은 밀로의 등에 약을 발라 주며 피식 웃었다.

조금 전 무식하게 해골 병사와 싸우던 모습이 생각났다.

단단한 팔만 믿는 막무가내식 싸움이었다.

허벅지 상처까지 약을 발라 준 이안이 남은 약을 밀로의 품 안에 넣어 줬다.

“나중에 사용해.”

“신기한 약이군요. 피도 금방 멈추고. 아픈 것도 좀 덜한 것 같습니다.”

“알베른에서 조만간에 판매할 거니까 필요하면 와서 사 가. 그건 그렇고, 혼자 움직일 수 있겠지?”

밀로는 고개를 끄덕였다. 달리지는 못해도 걸을 수는 있었다.

“밖에서 기다려. 금광의 몬스터는 내가 처리할 테니까.”

“혼자서 괜찮겠습니까? 화이트 언데드들이 많을 수도 있습니다.”

“정 안 되면 도망쳐야지. 미련하게 한 번에 없앨 필요는 없으니까.”

이안은 싸움을 앞에 둔 사람처럼 보이지 않는 유쾌한 말투로 말했다.

그 점이 오히려 밀로를 안심시켰다.

'아버지가 알베른의 영주와 계약을 맺다니, 상상도 못 했어.'

언제 어떻게 알베른의 영주와 계약을 맺었는지 궁금했지만 그건 나중에 확인하면 된다.

지금은 금광의 몬스터들을 없애는 게 중요하다.

'해골 기사를 어렵지 않게 없앤 걸 보면 상당한 강자 같은데……. 알베른 영주 밑에 잘랭 경 외에도 이런 강자가 있었나?'

잠시 이안을 응시하던 밀로는 고개를 살짝 숙였다.

"조심하십시오."

"등의 상처가 가볍지 않으니 이왕이면 날 기다리지 말고 성으로 가서 확실히 치료받는 게 좋을 거야."

검을 뽑은 이안이 포스를 끌어당겼다.

검이 빛나며 횃불 못지않게 주변을 환하게 만들었다.

눈부신 표정으로 이안의 포스검을 응시하던 밀로는 몸을 돌려 석문이 있는 방향으로 느릿느릿 걸어갔다.

자신이 살아 있다는 게 지금도 믿기지 않았다.

밀로가 시야에서 완전히 사라지자 이안은 철문을 넘어 지하 공동을 향해 걸음을 옮겼다.

"자, 놈들을 잡으러 가 볼까?"

밀로가 싸우던 곳을 지나쳐 안으로 들어가던 이안은 왼쪽 벽에서 갑자기 튀어나온 해골 병사의 머리를 잡고 그대로 벽에 처박았다.

"넌 가만히 있어."

콰앙!

머리가 박살 난 해골 병사는 곧이어 몸 전체가 금이 가며 산산조각 났다.

이안이 기공권의 수법으로 해골 병사의 몸에 강력한 충격을 준 것이다.

"이건 또 뭐야?"

해골 기사처럼 하얀 빛에 휩싸인 거대한 덩치의 언데드 표범이 입에서 불을 토하며 달려왔다.

캬아오오오!

화염방사기의 불길 같은 거센 불이 이안을 집어삼킬 듯 다가왔다.

"따뜻하니 좋네."

이안은 검을 회전시켜 불을 막은 뒤, 사선으로 검을 그었다.

번쩍이는 빛이 또다시 불을 토하려던 언데드 표범의 입속으로 파고들어 갔다.

콰앙!

언데드 표범의 몸이 안에서 폭발하며 재로 변해 갔다.

이안은 어깨에 쌓인 재를 손바닥으로 툭툭 털어 내다 눈초리가 매서워졌다.

"아주 이것들이 떼거리로 오네?"

하얀 빛에 휩싸인 해골 기사 수십 마리가 통로를 가득 메우며 떼거리로 몰려왔다.

2백 년 전, 지카롤 영주의 언데드 몬스터와 싸우던 병사들이 이 장면을 봤다면 기겁을 했을 것이다.

포스 없이 상대하기 어려운 해골 기사들의 힘은 대단해 그들에게 피해를 입은 병사들이 헤아릴 수 없이 많았기 때문이다.

우우우우웅.

이안의 포스검이 강하게 빛나며 울부짖었다.

저들을 향해 마주 달려간 이안이 경쾌하게 검을 찔렀다.

그 순간, 10여 개로 늘어난 이안의 검이 달려오던 해골 기사들의 선두를 쓸어버렸다.

퍽퍽퍽퍽퍽!

요란한 소리와 함께 해골 기사들의 가슴과 머리 부위가 박살 나며 그 잔해들이 사방으로 튀었다.

번쩍!

해골 기사들이 불길에 휩싸여 어둠을 일시에 밝혔다.

이안은 주먹으로 해골 기사의 방패를 두 조각 낸 뒤 검으로 상대의 눈 부위를 찔렀다.

눈이 관통된 해골 기사는 몸부림을 치다 펑 소리를 내며 타올랐다.

"카리올 영주는 이렇게 많은 해골 기사들이 있다고 말해주지 않았는데 말이야. 이것들은 다 어디서 온 걸까?"

뭔가 좀 이상했다.

이안은 스스로에게 묻듯 중얼거리며 뒤에서 몸을 던져 그의 목을 껴안으려는 해골 기사의 머리를 팔꿈치로 부숴 버렸다.

양쪽에서 찌르는 해골 기사의 검을 쳐 낸 이안이 벼락처럼 사방으로 검을 휘둘렀다.

포위 공격을 하던 해골 기사들이 일시에 뒤로 튕겨져 나갔다.

그들은 하나같이 머리와 몸통이 분리되어 있었다.

콰앙!

묵직한 소리와 함께 해골 기사들의 몸이 불길에 휩싸이며 그 재들이 통로를 떠다녔다.

'눈처럼 휘날리는군.'

검에 실은 포스의 힘을 줄인 이안은 재로 가득한 갱도를 묵묵히 걸었다.

더 이상의 공격은 없었다.

'이제 끝인가?'

그래도 혹시 몰라 이안은 긴장을 풀지 않았다.

한동안 더 걸어가던 이안은 마침내 지하 공동과 조우하게 됐다.

깜깜해서 전체적인 규모는 눈에 들어오지 않았다.

하지만 대충 어느 정도 규모인지는 알고 있었다.

카리올이 지하 공동은 수백 명이 모일 만한 작은 광장 크기에 천장이 아주 높다고 했었다.

"조용하네. 몬스터도 안 보이고."

이안은 포스검을 횃불 삼아 지하 공동 깊숙이 들어갔다.

“블란조르는 어두워도 대낮처럼 볼 수 있잖아. 숨어 있는 녀석들이 있어?”

—내 눈에도 보이지 않는다.

“잘됐네. 그래도 혹시 모르니까 구석구석 잘 찾아보자고. 지하 공동과 연결되어 있는 또 다른 갱도도 잘 확인해 보고.”

포스검으로 지하 공동의 바닥을 살피며 걸어가던 이안이 문득 걸음을 멈췄다.

‘이게 무슨 소리지?’

어디선가 콧노래 소리가 들려오는 것 같았다.

“블란조르, 방금 들었어?”

—들었다. 누군가 노래를 부르고 있다.

“그렇지?”

이안은 그 자리에서 소리에 집중했다.

소리가 점점 가까워지고 있었다.

콧노래를 부르는 자가 그들이 들어온 갱도와는 다른 방향에서 지하 공동으로 오고 있는 것 같았다.

‘금광 입구는 내가 들어온 곳밖에 없어. 콧노래를 흥얼거리는 자는 과거 금을 캤다는 그 갱도 쪽에서 오는 게 분명해. 어떻게 그럴 수가 있지? 2백 년간 막혀 있던 곳인데.’

이안은 황당해하며 검에 두른 포스를 없애 버렸다.

포스의 빛이 사라지자 지하 공동은 완전한 암흑 공간으로 변했다.

잠시 후, 하얀 빛에 휩싸인 망토를 두른 중년의 사내가 붉은 나뭇가지를 오케스트라의 지휘자처럼 휘두르며, 허공을 날아 지하 공동에 모습을 드러냈다.

유령처럼 둥둥 떠다니는 그는 붉은 나뭇가지를 연신 휘저으며 콧노래와 노래를 섞어 불렀다.

"으으음, 음음! 이번에 반드시이이! 왕국으을! 멸망시킬 거야! 너희들은 피할 수 없어. 으으음! 음음!"

지하 공동을 가로지르며 그는 고음으로 더욱 크게 노래를 불렀다.

"내 동생은 착하니 살려 둘 거야아아! 하지만 다른 녀석들으은! 다아아! 으으음! 죽여야지!"

망토를 두른 중년인이 붉은 나뭇가지로 땅을 가리키자, 어두운 지하 공동 바닥이 진동을 하더니 붉은 선들이 복잡하게 얽히고설킨 마법진이 생성됐다.

"오늘은 반드시 소환에 성공할 거라네에에! 왕국을 멸망시킬 언데드 킹을!"

고오오오오오!

붉은 소환 마법진이 강하게 빛나기 시작했다.

숨죽이고 지켜보던 이안이 블란조르에게 속삭였다.

"이상한데? 말하는 내용도 그렇고. 저 자식 하는 짓이 꼭 2백 년 전에 죽었다는 지카롤처럼 보이잖아?"

블란조르는 말이 없었다.

이안은 자신의 말에 아무런 반응을 보이지 않고 있는 블란조르를 돌아봤다.

블란조르는 굳은 표정으로 망토를 두른 중년인이 콧노래를 부르며 쉴 새 없이 좌우로 흔들고 있는 붉은 나뭇가지만 뚫어지게 응시하고 있었다.

"왜 그러는 거야?"

-하얀 나무다.

"뭐?"

-저자가 손에 든 것은 하얀 나무의 가지다. 오염되어 붉게 타락해 본래의 신성함을 잃어버린 하얀 나무의 가지란 말이다.

"저게…… 하얀 나무의 가지라고?"

깜짝 놀란 이안의 눈이 더없이 크게 뜨였다.

쿠웅!

붉은 빛기둥이 마법진에서 솟구쳐 지하 공동의 천장까지 닿았다.

"으으으음음. 더 이상 난, 기다릴 수가 없다네에! 언데드 킹아, 나오너라! 으하하하하!"

to be continued

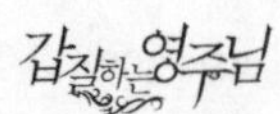

ROK
MEDIA
로크미디어
憑依劍神
빙의 검신
서준백 신무협 장편소설
무협 소설에 빙의되며 갖게 된 행복
그런데 원작에선 우리 세가가 곧 멸문?
적당주의 7급 공무원, 정신을 차려 보니
무협 소설 '영웅로'의 찌질한 악역에 빙의됐다?
가족의 정을 알려 준 제갈세가,
그리고 자신과 주변의 무사안일을 위해
기억 속 '영웅로'의 내용을 이용한다!
알고 있는 내용은 8권까지지만……
뭐, 겸사겸사 무림도 구해 보실까?
야, 고구마 주인공!
이 안하무인 망나니가 잘 키워 줄게!
오지는 놈들의 끈적한(?) 우정과 함께하는
좌충우돌 무림 구원 기행!